教育的本质是生命教育

丙申初冬　顾明远书

国家社科基金（教育学）一般项目
“生命教育学学科建构研究”（BAA140017）

生命教育丝语

聆聽

王定功 著

科学出版社
北京

图书在版编目（CIP）数据

生命教育丝语. 聆听 / 王定功著. —北京：科学出版社，2019.8
ISBN 978-7-03-062226-6
Ⅰ.①生… Ⅱ.①王… Ⅲ.① 诗集-中国-当代 Ⅳ.①I227
中国版本图书馆CIP数据核字（2019）第195504号

责任编辑：付 艳 / 责任校对：王晓茜
责任印制：徐晓晨 / 封面设计：铭轩堂
编辑部电话：010-64033934
E-mail：edu_psy@mail.sciencep.com

科学出版社 出版
北京东黄城根北街 16 号
邮政编码：100717
http://www.sciencep.com
北京虎彩文化传播有限公司印刷
科学出版社发行 各地新华书店经销
*
2019 年 8 月第 一 版 开本：720×1000 B5
2021 年 1 月第二次印刷 印张：11
字数：120 000

定价：168.00 元（全三册）
（如有印装质量问题，我社负责调换）

序一：人生如诗

我不是诗人，也很少写诗文，但觉得人生如诗，人总是生活在诗境中。诗是人的心声，是时代的心声，更是民族的心声。可以说，一个民族没有自己的诗歌，这个民族就不复存在。我们每一个人都离不开民族的情怀、时代的气氛，都会有个人的悲欢离合。一般人只能用表情、语言、行为来表达。诗人能够把这些情怀、气氛、悲欢离合用诗歌的形式表达出来。

教育其实也是一首诗。教育的本质就是提高人的生命质量和生命价值。提高生命质量是使人的生命更精彩；提高生命价值是使人能为所有生命做贡献。"为天地立心，为生民立命，为往圣继绝学，为万世开太平"，就是生命的价值。教育就是生命发展成长的诗。

王定功提倡生命教育，不仅著有理论著作、实验教材，还用诗语来抒发他对生命教育的情怀。实在难能可贵。我不懂诗，应他要求，我为这三册书写几句话，是为序。

顾明远

北京师范大学英东楼

（顾明远，中国教育学会名誉会长、国家教育咨询委员会委员、北京师范大学资深教授）

序二：生命教育的诗意言说

广义的生命教育的源头，可以追溯到孔子和苏格拉底的时代，千载绵延，代代损益，薪尽火传，生生不息。孔门弦歌施教，"浴于沂，风乎舞雩，咏而归"描绘的不正是生命教育的唯美情景吗？苏格拉底一袭敝袍赤脚站在雅典街头用"助产术"指导雅典青年，柏拉图降尊纡贵追随寒门老师，亚里士多德与逍遥学派师生漫步苹果园纵论天下大事，不也正是生命在场的教育故事吗？一定意义上说，一部中西方教育史不过是生命教育与非生命教育在不同时空的对垒、演变与抗衡。在我们看来，不断健全完善的生命教育才是真正的教育。

现代意义上的生命教育大致始于20世纪初，美国哲学家、教育家杜威教授提出了系统的实用主义理论，其中"从做中学"的系列观点就包含着杜威的"生命整体存在论"、"经验方法"及"探求逻辑"等诸多关乎教育当事人生命发展的观点。陶行知先生是中国现代意义上的生命教育研究和实践的首倡者。20世纪初，陶先生师从杜威教授，1917年学成归国，在国内首倡"life education"，直到1946年辞世，他将全部精力投入其中。但出于种种考虑，先生当时并未将其翻译成"生命教育"，而是翻译成"生活教育"，他的思想也被后来的研究者们概括为"生活教育理论"。其实，无论"生命"还是"生活"，在英文语境里大致都表述为"life"，在汉语中"生活"也无异于"生命"的展开过程，从来也没有外在于"生活"的"生命"。深味陶先生生活教育理论，其间所包含的生存教育、健康教育、养生教

育、社会责任教育、完满人格教育、终生教育等思想，无不折射着生命教育的理论光辉。杜威教授提出“学校即社会”，试图吸收社会的所有方面并将其融入一所小小的学校；陶先生提出“社会即学校”，寻求的是将学校的所有方面延伸到大千世界。杜威教授提出“教育即生活”，主张“做中学”；陶先生提出“生活即教育”，主张“教学做合一”。陶先生提倡教师“千教万教教人学真”，提倡学生“千学万学学做真人”，直接触摸到师生生命发展的脉搏。在《从烧煤炉谈到教育》一文中，陶先生满怀深情地写道：“教育的使命是什么？不是放茅草火！不是灭茅草火！是要依着烧煤的过程点着生命之火焰，放出生命之光明。中国教育的使命，是要依着烧煤的过程点着中华民族之火焰，放出中华民族生命之光明。”

20世纪末21世纪初，生命教育在我国渐渐热了起来。生命教育本应有许多切入维度，也可有不同称谓，但其思想主旨相同或相近。国外如此，国内亦如此。我看重并倡导的生命教育突出了情感教育这一方面，1990年起不断强调情绪情感是生命的基本表征，是生命的重要机制以及一个人生命素质的“内质性”保障。我以此为学术基础和教育理念，分别在供职南京师范大学、原中央教育科学研究所以及担任中国陶行知研究会会长期间，以很大的热情推动生命教育的研究、实验与普及（包括宽泛和专指意义的）。我的第一位博士生刘次林1997年撰写“幸福教育论”，我的另一名博士生刘慧2000年撰写“生命德育

论”，后来不断有博士生的论文选题都与“情感—生命”的基本概念、命题相关。与此同时，叶澜先生提出“让课堂充满生命的活力”，创立了“生命•实践”教育学派，与她团队的李政涛、李家成、卜玉华等学者把生命教育研究与中小学教学实践做了很好的对接。朱永新先生提出“新教育”，主张“聆听窗外的声音”，推动构建书香校园。周洪宇先生发起“阳光教育”实验，生活•实践教育学派与生活•实践教育学学科呼之欲出。刘济良试图构建“生命教育论”的理论体系，刘志军、王北生、李桂荣的研究指向生命教育的视域扩展和校园关涉。张文质、冯建军、石中英、黄克剑等提出“生命化教育”。王鉴、夏晋祥等提出构建生命课堂的思想。刘铁芳、肖川、郑晓江、欧阳康、何仁富、汪丽华、赵丹妮、袁卫星以及港台地区的孙效智、纪洁芳、钮则诚、林绮云、吴庶深、张淑美、郑汉文、汤锦波、何荣汉等学者也从不同维度对生命教育进行了深刻的研究，提出了一系列有价值的思想。

中华大地，藏龙卧虎；十步之内，必有芳草。各地学者和一线教师对生命教育的研究和实验风起云涌，怒涛排壑；千帆竞发，百舸争流。这一切必将载入中国生命教育的发展史册。顾明远先生提出“教育的本质是生命教育”。教育的变革和发展永无止境，对生命教育的探索和践履也永不停歇。

生命教育的研究和表述可以有也应该有多种维度。王定功博士试图从诗学的角度切入生命教育，以诗歌的语言对生命教

育进行表达，这是一件十分值得鼓励的事情。

王定功博士是我国生命教育研究团队中的一名重要学者。他是著名教育家顾明远先生指导的博士后，我愿意视他为同侪和知音。在首都师范大学儿童道德与生命教育研究中心成立大会上，我与定功博士首次相遇，那天我做了一个关于陶行知生命教育思想的演讲。而首都师大新成立的这个中心，其主任是由我指导的博士生刘慧担任的，当时她已是初等教育学院的副院长、教授、博士生导师。午餐时定功博士与我相邻而坐。那段时间我的健康状况不是很好，定功博士不知怎么就看出来了，他关切地建议我“枫红荻白，云肥风瘦，正是中秋时节，建议先生出去走走，比闷在家里的好”。他穿着虽稍稍寒素，但谦和温文、儒雅脱俗，简直像是从唐宋穿越而来！

我慢慢了解到，王定功博士是一名厚积薄发、大器晚成的学者。他曾做过16年的中小学教师、教育行政官员。2007年，他赴北京师范大学教育学部教育学原理博士课程班学习；2008年，他考入北京交通大学人文学院，师从哲学家路日亮教授攻读博士学位；2011年，他又进入了北京师范大学教育学部博士后流动站，师从著名教育家顾明远先生从事博士后研究。近几年，定功博士十分专注地进行生命教育的研究和教学，先后从不同维度向生命教育“包抄”过去，对生命教育的源与流、理论与实践都“弄弄清楚”（顾明远先生语），为中国内地方兴未艾的生命教育提供助力。

王定功博士于2011年在上海交通大学出版社出版专著《青少年生命教育国际观察》，这部书被《中国教育报》评为“2011年影响中国教师的100本图书”之一；2012年在上海交通大学出版社出版专著《青少年道德教育国际观察》，这部书使作者进入“上海交通大学出版社建社30周年作者墙”；2013年在教育科学出版社出版专著《生命价值论》，这部书被评为河南省2014年教育科学研究优秀成果奖特等奖和2016年第五届全国教育科学研究优秀成果奖三等奖。他独著及担任第一作者的著作、教材已见书34部，包括此次积十数年功力整理推出的《生命教育诗语》《生命教育丝语》《生命教育思语》《生命教育私语》《生命教育释语》共十余部。按这样趋势看，著述等身于定功而言并非夸张。这些著作是一脉相承的，即分别从生存哲学、教育哲学、课堂教学、诗学等不同维度切入生命教育，体现出一名睿智学者的学术自觉。

王定功博士在学术上具有多方面的兴趣和成就。最难得的是，在生活中他洁身自好，对真、善、美、圣有着虔诚的信仰和坚定的追求，不啻“浊世佳公子，翩翩一书生”。尤其是他在科研合作中低调从容，“重言勿泄，少任敢专”，“重情重义，生死相许”（台湾同行纪洁芳教授语）。江西师范大学生命教育研究专家郑晓江教授辞世，定功独坐书窗三天不食不语，那段时间他的QQ签名也换成了“愿我的死，换他的生”。而他俩见面不过三次而已！

承蒙不弃，定功将“生命诗语”各个系列均送我审读。由于健康的原因，我时断时续地阅读，读得不多，但越读越喜欢。“生命诗语”以一种生命共同体的视角直面“天地人神四方共舞”的世界，歌咏自然万物，赞美成长着的事物，吟唱人间的美好情感，探问生死哲思理路，展示书生报国情怀，褒扬真善美圣，表达生命教育的学术致思。若用一句话评价“生命诗语”，那就是：天地人心的深情探问，生命教育的诗意言说。

其实，生命教育关乎每一个人，每一个人都在用自己的方式践行生命教育，发出生命诗语。我本人自1986年进入道德情感、情感教育研究之后，便对情感与道德、情感与生命的关系越来越敏感和在意。用情感——生命之“眼”去看教育、观道德教育、做教育研究竟成了我的个人学术偏好。回想自己从40岁起，就有不同的肿瘤疾患不断来袭，饱尝了大手术和化疗之苦。可以说，30年来如何对待生命，如何处理生命与工作的关系，一直是我个人真切的人生课题。生命之脆弱与生命之坚韧这相左相反、交相混合、反反复复的复杂情绪感受总是随着身体状况的起落变化，每每考验着自己最真实而无法逃避的生命态度。我似乎是懂得了生命实在值得珍惜，的确应当珍爱生命！可珍爱生命并不是惧怕死亡，也不一定真能做到不惧怕死亡。自觉的死亡教育在我们这里还是十分缺失的。癌症给人带来的不只是痛苦——尽管那痛苦常如剜心蚀骨，它还会让人零距离地直面生死大限，思考“生从何来，死向何去，我是谁”

的问题，思考如何把握生命每一天，把最值得做的事情做好，尽最大努力提高生命的质量（肉身的与精神的）。因此我特别感谢生命教育和现代医疗，前者给了我对生命的认知和勇气，后者给了我身体有效的疗救和保护。不久前，我又度过一次生命危机，现在出院了，重新走在阳光下，坐在书斋里，享受生活的馈赠。

恰逢此时，看到王定功博士奉献生命教育大作，捧读、吟哦"生命诗语"，是一件令人愉悦的事情。天地春回，鸟儿叩窗，丁香快要开放了吧？我从心底里感恩生命，感恩所有热心生命教育、给无数人们带来生命智慧和力量的人。

斯为序。

朱小蔓

南京师范大学随园

（朱小蔓，中国陶行知研究会会长、俄罗斯教育科学院外籍院士、北京师范大学教授，曾任南京师范大学副校长、原中央教育科学研究所所长兼党委书记）

目录

MULU

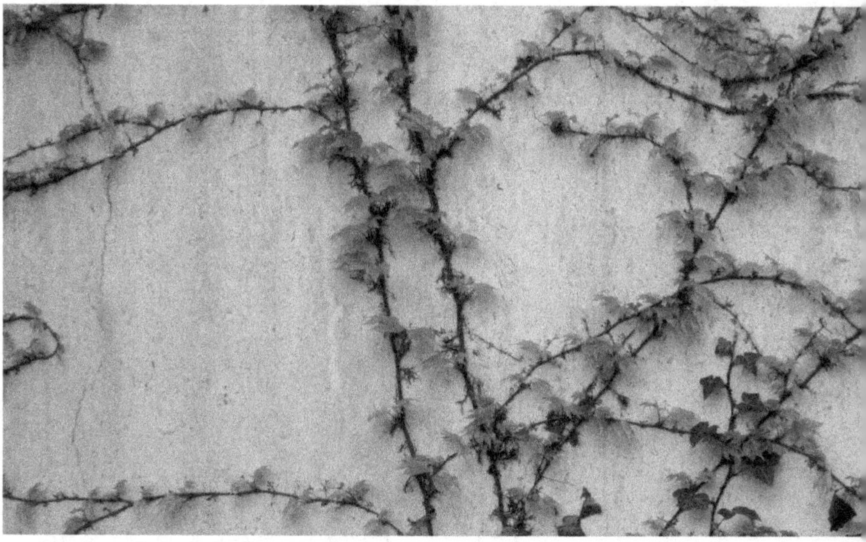

园中的青藤开满白花，香气氤氲如同精灵的絮语。月光移过楼角，清影斑驳，就像诗人增删字句、调整韵脚。在这美好的春夜，痴人儿啊，你又怎忍高卧安眠呢？

——题记

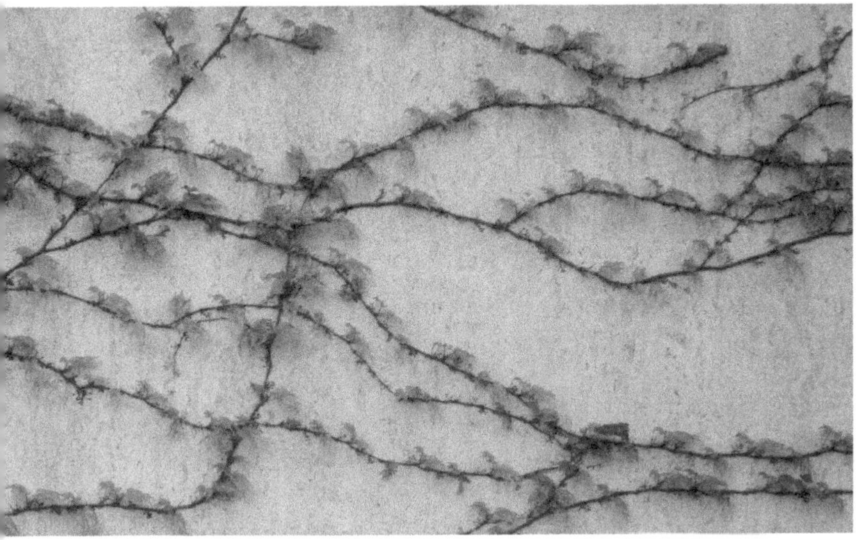

青藤集

1

园中的青藤开满白花，香气氤氲如同精灵的絮语。月光移过楼角，清影斑驳，就像诗人增删字句、调整韵脚。在这美好的春夜，痴人儿啊，你又怎忍高卧安眠呢？

2

你为何远远地伫立，或款款地前行？我千百遍地寻访，却只见你隐约的背影。待我定睛之时，你已消逝得无影无踪。终于嗅闻你衣香鬓影，终于等来你柔情深种，终于见你分花拂柳，终于怀抱一片痴情。我不敢凝望，不敢触摸，哎，莫非这一次又是在梦中……

3

我走在心与灵中间的路上，看到了生命暂时的断续。耀眼处是生命破裂的光芒，伴随着远处渺茫的歌声。斯世哪有如此美妙的天籁，引起我心弦永久的颤抖？

4

我把自己丢了，迷失于这无边的林中。有时闯到竹木披拂的溪边，有时乱走在幽香浸润的草径。

我把自己丢了，迷失于这纯美的星空。常常泅渡于温暖的银河，常常散步在桂树后的月宫。

我把自己丢了，迷失于这无边的爱中。我在爱里找寻自己，并将爱成倍地向周遭放送。

5

我是一位孤独的歌手，凭着这颗高傲而寂寞的心，旁若无人地自弹自吟这无人能懂的歌曲。天际星子流浪，野风弥漫荒园，思绪向远方跑去，寻觅它的知音。

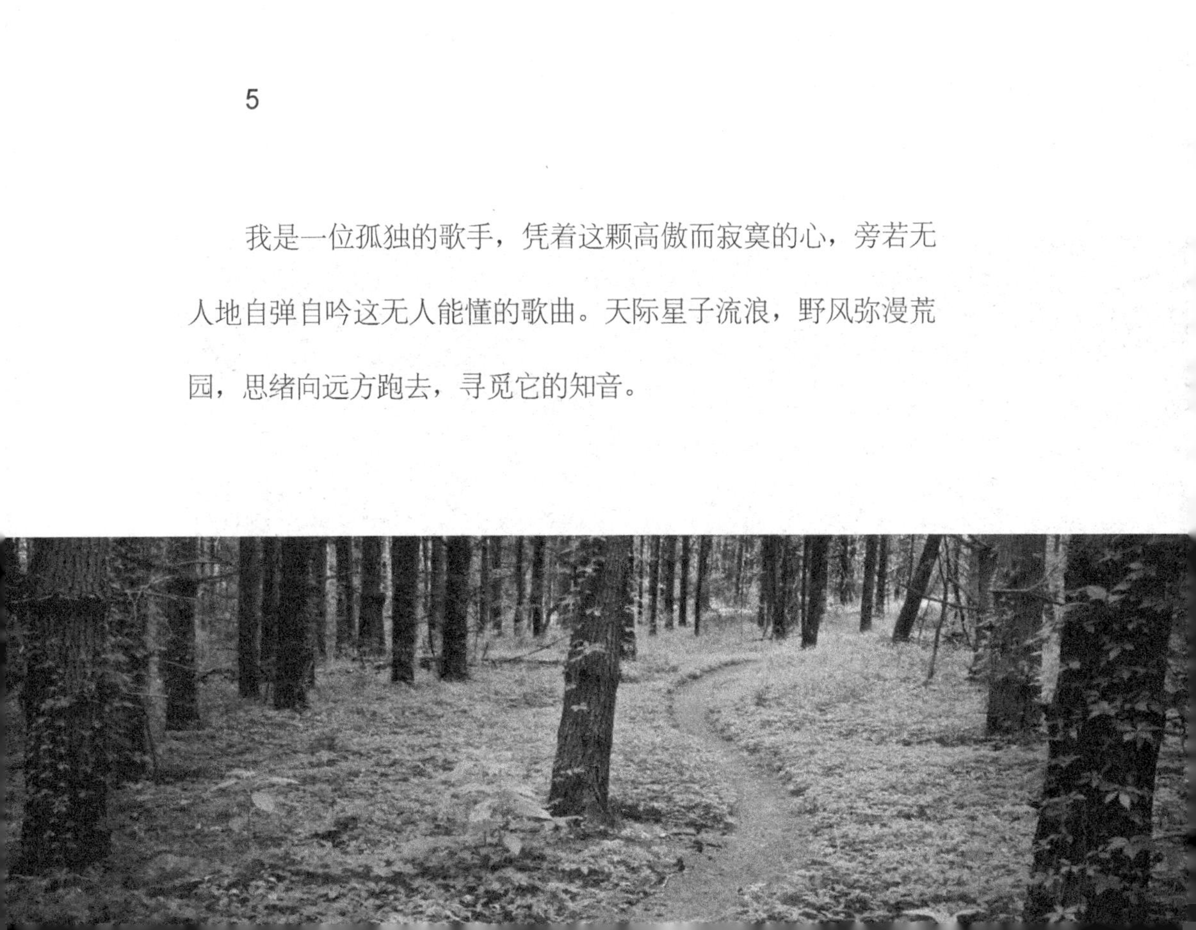

6

哲人啊，你合该寂寞了。你絮絮叨叨地呼吁常识，世人却如羊群般向谬误奔涌。你指明来路的荆棘和去路的榛莽，世人却高歌猛进不加提防。你张开双臂阻挡错误的脚步，世人却把你拎起来扔到一旁。你声音喑哑了，焦急写满脸庞，世人却诅咒你螳臂当车。你绝望地撕开自己的胸膛捧出那颗滚烫的心，世人却鄙夷地掉头而去。一声叹息在风中，不绝如缕。

7

我告诉你吧：我痛心疾首地大声疾呼，正源于对幸福和公正的渴求；对欺骗、虚伪和无耻的无情诅咒，正因为对忠实、光明、真诚和尊严的向往；揭穿人生的虚妄、无聊、苍白和黯淡，正是对人生丰盈价值的期待！我的笔如剑如刀如戟，我的心却似一滴泪落啊……

8

小溪对大海如是说：大海啊，你如此浩瀚，如此蔚蓝！请接受我小溪的清浅，请接受我这谦卑的甘甜。我已跋涉日日夜夜，已望不到来时的起点。我已远离了蓊蓊郁郁的山林，跃下了耸立云表的山岩。我来了，带来了我全部的欢笑。我来了，带来了我全部的悲叹。向前，不回头；向前，不留连。请允许我融入你，放弃我的纯洁，放弃我的尊严。这世上已经没有我，只有这抵达天际的浩瀚，只有这心荡神摇的蔚蓝。

9

骄傲吧！黑森林的梅斯基希，你是一代哲人的家乡。这里曾走出海德格尔，他是世人心中的巨匠。是他掀起了思的狂飙，把哲学浊流无情激荡。是他送来诗的柔风，轻轻抚慰世人干涸的心房。是他用雄浑的歌声，试图唤醒每一位聋瞽。是他促使每一个生灵，用异样的目光重新将这个世界打量。他已震惊了那个世纪，也将成为每个时代的太阳。

10

你永远是一位寻求者，你勇敢地走进日光和月光。你有时昂首阔步，有时踉踉跄跄；但你日夜兼程，永远走在道路上。这条路并非康庄大道，而是常如九曲回肠。这条路有曲折、有回环，也有迷失和转向。有时你误入歧途，四傍无依，烟水茫茫。但你有一颗勇敢的心，总能为世人闯出一条思的方向。

11

海德格尔，你是我思想的兄长！百年之后我也来了，与你在这条路上相偕相傍。每一个时代，都有一个海德格尔，长着相似的宽阔的额头，有着相似深邃的目光。只是斯世愈加沉沦，时间正处于午夜时分。只是斯人浑浑噩噩，沉沉梦入黄粱。只是思与诗渐行渐远，林中路芊芊莽莽。

12

托特瑙山上的小屋，你为全世界的哲人思量。因为海德格尔，曾经在这里隐居和思想。你周遭婉丽的花林，曾弥漫隐居者诗的情怀。你摇曳的灯火，曾闪出照彻寰宇的光芒。每一位以思考为志业的人士，都把你作为膜拜的圣地。你已肩荷一个世纪的风雨，并将享受世世代代的荣光。

13

煤如是说：

曾经仰望蓝天，疯长我天空的渴望。我曾经轮回沧桑，你可知我天崩地裂的悲壮！一万年凄冷寒伧，难道我永远见不了阳光？一万年沉默不语，可我不想在沉默中死亡！我的骨和肉已经粉碎，只有那颗骄傲的心在默默为你积聚能量。让风吹吧，让雷炸吧，我要浴火重生，涅槃成凰！我已面目漆黑，不复当年葱郁的模样。但这心中的爱呀，为何更加炽热滚烫？就让我燃烧吧！把我这份情，烧成电，烧成光。就让我变成灰烬吧！只愿可爱的你温暖和坚强……

14

我不知道该用什么言语表述，每一个词都被他们污染。电视里说谎者口齿伶俐，大家全都赔笑。我突然结结巴巴，脸憋得通红，赤裸着胸膛站在通衢之上呼号，大家鄙夷地走过，只有你停下来，给我水和面包。然后静静地看着我，叹息。

15

时间抚慰着空间，空间抚慰着时间，世界已睡。唯余我独坐在窗边，静静思索，淡淡忧伤，默默垂泪。

16

不！ 请不要为我占卜，请不要告诉我未来的图景。我愿意在晨雾里摸索着前进，试着不被春天的笋尖刺破脚踝。我愿意在烈日里劳作，让汗水凝成晶莹的珍珠。我愿意在千山万水之间跋涉，看天边风云变幻。我愿意与亲人默默地相视，用心抚慰受伤的心。我愿意唱一阕也许只有自己才懂的诗，用自己随意谱出的曲调。我愿意写一首莫名其妙的诗，不依平水韵，甚至不分行，只于其间倾注真情的血泪。然后，我会死，像一只白鸟盘旋落下。我会转头，再看一眼我曾飞过的天空。

17

诗人啊，你是一名歌者，日日陶醉于自己随意歌歇的旋律。你用歌唱欢迎这世上一切真、善、美、圣，也用歌声对抗这世上一切假、恶、丑、俗。你在歌韵中陶醉，流下欢乐的泪水；又在歌韵中叹息，流下忧伤的泪水。歌声喑哑了，喑哑了，在这漫漫的时光中。噢，百年后的朋友，请在和风里翻开歌谱，看那字词间是否还有诗人泪珠滚落？

18

心爱的，你告诉我：两难抉择的苦恼，灵魂升迁的狂喜，温情脉脉的情爱，虔诚的悔罪，还有土壤的肥沃、动物的魔力、孤寂的守望，以及领悟神秘的感觉，你的科学能够解释吗？

19

诗人啊，造物主赐予你特权！原谅你自负骄傲，接纳你僭越癫疯。给你神笔一挥蹊径洞开，允许你在一个陌生而异在的空间东张西望。赐你刘翔般的强劲长腿飞跨必然和自由的鸿沟，教你杨丽萍似的鬼魅舞步摇曳于二元序列之间。允诺你在四处碰壁的有限现实中利斧破铁劈斩出无限的可能，放任你窃听世人灵魂最深处生命冲动的脉跳。微笑不语地听你胡言乱语，陪你狂歌痛饮恣意欢谑。允可你冒犯而不自约束，听由你铸成大错而不加责难。这就是造物主给你的特权！

20

心爱的，我实在无法忍受不断加剧的对神秘的亵渎，无法忍受越来越多的机械式的说明，无法忍受生活中诗的丧失。我将摆脱小的自我，汇入整个山河轮转的大宇宙。

21

山上不断变化着的色彩，如同我瞬息万变的思绪。那些闪烁不定的影子，逗引我痴痴呆呆的目光。

22

心爱的，我要把诗情画意卷入一股红尘中旋转，像一只苍鹰似的把它们带到云霄。我曾在衰落文化的荒凉世态中流浪，也曾隐居山野，磨砺心志，陶冶性情，然后再重返红尘之中。我将以禀得的诗的气质引导人们走向沉醉的世界。

23

故园里那棵老榆树，树皮枯皱扭曲，树冠如盖。我上学放学，日日都从它身边走过。它乐意向我披露心迹和那久经风霜的年轮。

24

在这里，麻雀在头顶的榆树间跳来跳去地做着游戏，成群的骏马跃过广袤的草原，晚秋的雁群相互呼唤着飞过湛蓝的天空，比远方更远的远方展开一帧帧画幕。在这里，我可以时常听到土狼的长啸，看到猫头鹰在树梢交头接耳，与野鹿照面。噢，心爱的，我好不容易在这个星球上找到可以站稳脚跟的土地，所以请许我在天地一隅，重新安居。

25

我走在光芒四射的正午，以及色彩斑斓的拂晓和黄昏。我与这方天地进行倾心的交流，我正把自己交给这片熟悉的风景。天地向我讲着动人的故事，但只有腾空心房才能阅读和重述。我触摸四季的变化，聆听周遭响起的天籁。我依着一棵树吹着口哨，我知道天地在静静聆听。

26

我在开封汴西湖水边散步，心中一片空明澄澈。抬头时我发现树在闪光，树上两只斑鸠的白羽在闪光，脚下的草地光闪闪得像是一团火，湖面更是金光粼粼一片辉煌。一时间，我愣住了，我似乎被一双神秘的眼睛注目。我屏住了呼吸，惊异不已。那一瞬间，我似乎被打通了任督二脉，变得玲珑剔透，神清气爽。我知道，是大树激活了我对前尘的记忆，我的思绪开始抽枝发芽。

27

我独自行走在果园，宁静中突然响起神秘的声音，突然间天和地、树和草，连同它们中间的孩童，都在一种流动的光芒中鲜活舞动。我在这方天地之中，而天地也在我的心胸之中，我们全都在一个生动温暖、闪着光彩的幻影之中……

28

我的书窗之外，有一棵婆娑的垂柳。长长柔柔的柳枝轻轻摆动，就像我记忆中母亲美丽的长发。那些遥远、被遗忘的童年又重新回到了身边，又随那些云影烟雾飘散离去。

29

我走出书斋，来到旷野。太阳热情地照耀大地，春风吹开冰封的河流和含羞的花蕾，鸟儿问答，天地间明丽无边。我不由得奔跑，跑过一幕幕景色和声响。我又捡拾起那些早已逝去的欢乐时光。

30

我向研究生们讲述那些故事，不是为了宣晓那些可以感知的事物，而是共同触摸只可理喻的真实，共同面对那些尚无法理解的道理，互相抚慰受伤的心灵，各自铺设一条回家的路。我们一直在避难，这些故事就是我们的归程。

31

我原本就是这样一个人——若是我看不到欣欣向荣的小草，若是我听不到鸟儿的啼鸣以及林间的天籁，若是将我从蹦跳着的本科生和沉思着的研究生面前拉走，若是不许我于每日里发出生命诗语，若是遮掩我或激越或痛苦的呐喊，这样的生活怎堪忍受！

32

若是那种原始的自然的伟力被连根拔起，若是荒园不再有燃烧的篝火，若是脚下没有可爱的泥土，若是新汲的泉水无法啜饮，若是空气无法呼吸，若是海滩及沙丘边没有狂放的舞姿，若是大自然的影像模糊而不真实，若是孩子们不再激情欢跳和引吭高歌，若是苍穹之下没有自然的盛会，那，那又怎能不许我泪水涟涟，默然不语呢？

33

这个世界如此奇妙！我目瞪口呆地看着这眼前的一切：太阳似乎不是照在我的身上，而是照在我的心里；江河似乎不是从我的面前流淌，而是潺潺地从我的心头穿过；四野的风似乎直接震动着我全身的经络和血液，我身体的每一个细胞似乎都在激动地高唱！

34

我独自与月亮、星空和大地一起。云影树影在我脸上闪动，草香花香氤氲我的周遭，四野一片静谧。我静静地躺在草地上，将心事吐露给天空、星辰、大地和遥远的潮汐。自然应和我的轻唤，大地坚实支撑一切生灵，青草像软榻与我的身体相互感应，这方天地在与我轻轻耳语。

35

天风鼓荡，衣袂飘飞，心事已散到漫山遍野。此刻，身体的存在，内心的存在，已完全融入宇宙的存在。我的语言，源自我的思；我的思，源自我的路；我脚下的路多长，我的诗行就多长。

36

哲学何能取悦政治呢？政治漠视哲学，把哲学家当作温良的傻瓜或偶尔发点小脾气的怪人。哲学家仰望星空，嘚啵嘚啵问一些傻里傻气的问题。但当哲学触及政治，暗示高高在上的权贵并不像自己以为的那样聪明的时候，当哲学擦亮了世人的眼睛，使大家对珍视的信仰提出疑问的时候，当人们不再像羊群那样盲从的时候，政治家就会向哲学家举起弯刀、枷锁和镣铐。

37

你在漫步，带着沉思的白荷的余香，你在清歌，用竖琴、细雨交合的柔音。你跟星星、花朵、树木一起战栗。你的嫩芽，你的青绿的体态，像一只无辜的白鸽。你对恶意一无所知，你与星月一起，你在别的人梦中变成了光。

38

是的，朋友，你永远无法知晓我的秘密。我的秘密太多太多，它们全部隐藏于我的生命之中。我只能告诉你，我是一个狂喜的诗人和忧伤的俗人。我小心翼翼地藏起那巨大的欢欣，我无法与他人分享突然发现的短暂欢乐，以及幻象消逝时的悲伤。我在孤独中壮大，在孤独中老去，也将在孤独中走过人间。

39

我心爱的朋友，你正看着什么？你正听着什么？你正做着什么？你正与谁在一起？从你的心灵深处满溢出来的有没有一丝懊悔？有没有足够的平和与喜悦？

40

在这里，有多少人见辱而不知耻？有多少人见义而不勇为？有多少人以偷盗淫逸为荣？有多少人以事小苦少为业？有多少人以事不关己为安？人与人犹如布袋里不相干的土豆，光与尘不去分辨，一切人不相信一切人，公正与正义被视为笑话。

41

噢，我生于斯、长于斯也终将长眠于斯的这个世界，请你告诉我，我还能为你多做些什么？

42

我恳求你们：不要再让我的眼睛因盼望而白殴，不要再让我的嘴唇因叹息而皲裂，不要再让我的心因心疼而心疼。愿我的祈祷你能听到。

43

你哪有机缘欣赏到那盈在花瓣上的清露里闪耀着的神性的光彩？你的耳朵也听不到那沿着曦光顺溜下来的神奇的音乐。你既不懂瞬间，也不懂永恒。

44

走出去，我心爱的研究生！大自然不会走进书斋来做一次理智的拜访，你要走出象牙塔去面对大千世界——在凛冽的冬风里憧憬春花的妩媚，在幼苗挣扎破土时展望累累硕果，在漆黑的夜晚寻找闪光的星辰，在稚童蹒跚身姿里去想象壮实如山的小伙子和娇美如花的大姑娘。在充满感觉的大地上接触自然，在漫漫长路上谱写诗行，在大风大雨中奋然高歌，在必然与自由的王国里勇敢穿行。或许，你会得到奖赏，大自然会为你戴上荣耀的冠冕；但更多时候，你会遇到挫折，在异乡陌生的屋檐下久久独立。青鬓春雨，且揣一怀梦想四处漂泊；白发秋风，且凭一杯浊酒歌哭笑傲。

45

高楼凭栏，瞑目之际心游万仞。我的文笔在想象的催眠中拂花分柳。奇花异草历历在目，天光云影瞬间万变。我笔下的见闻飘忽不定，文中的情感来去无踪，思绪如无源之水、无本之木。

46

请让我仅仅做一名安静的诗人吧！我不反对你，也不跟从你，也绝不带领你。我与你就做远远相隔的平行线吧，你是你，我是我。

47

有时，我笔下的文字是潮湿和暗淡的，一如我的思绪，甚至我的宿命。我小心翼翼地保持着与这个世界的距离，与熙熙攘攘的人事若即若离。我讨厌这个世界的那种显而易见的外在逻辑，但又对命运内部的隐秘关涉一无所知。

48

在我的文字里，我曾经疯狂，横刀立马，狂放的情感在字里行间冲杀。常常地，我从噩梦出发，却跌落梦魇。我白眼向天，面对世人的问询我缄默不语。似乎我的血管流淌的不再是热血，而是冰冷的雪水。

49

搁笔之际，我安静地行走坐卧，举止恰当，为人持重，像别的人一样。就像在平静的港湾里的大船：斑斑锈迹覆盖了巨大的、固定的钢板，几个水兵在甲板上懒懒地晒着太阳，蓝色海魂衫晾在一条绳子上。没有人会想到，这艘大船，曾经与飓风搏斗，勉强幸存于大风浪的冲击，唱着刚强的歌……不，你并不懂我。我必须重回我的诗。

50

这清晨的世界，明丽无边，一时间我目瞪口呆，羞红满面。我狼吞虎咽着每一缕曦光，如饥似渴接纳晨风中的每一丝馨香。我像一个闯入果园的孩子，只许诺短暂的时光予取予求。我的手伸向樱桃、梨、桃子，我因陶醉而晕眩。假如我是一名司机，警方完全可能因醉酒将我刑拘，但我只是一个跌跌撞撞的步行者，有谁能控制我的晨梦？又有谁能阻止我沉于美的销魂？我在天地之间奔跑，在山巅水涯大笑，在宇宙之中畅饮不辍。诗人的逸思本就不应有任何限度，我旁若无人地恣意狂欢。

51

你永远不知道我的秘密。朋友啊，你太过温良，太有礼貌和教养，你永远囿于生命的一隅，而从未曾俯瞰全部生命的真实。我无法与你对话，只能悄悄狂喜，悄悄“邪恶”，倍感孤独的，我只好在日日夜夜的沉默中走向死亡。

52

我曾大声地宣读着自己的诗歌，可周遭太过喧哗，无人听到我的哪怕数行诗句。有的只是现代历史的暴怒，是孤独、斗争，是纷乱的思想、无章的想象，是欺压和反叛的力量。

53

我孤独地徜徉在一座荒园，它的美丽无人知晓。尽管荒园里只有一棵树，但毕竟树上憩息着一只蝴蝶。而且这位蝴蝶不懂忧愁，她快乐地起舞，双翅披着曦光的霞彩。

54

四周袭来黑暗，唯我熠熠闪光。我不惧怕魔鬼，它毕竟只是正面与我为敌。我害怕的反倒是“天使”，因为它从我身后突然变成魔鬼。

55

风儿是一群自由的孩子，也来园中奔跑。时光在欢乐中浮沉，在忧愁中积聚。

56

多时只我一人在园中逡巡，那棵树的叶子们也在秋风中凋零。我知道死亡来自生命，我知道伤口能长出翅膀。遗忘持一只长笛，正吹响怀乡的恋曲。我已习惯于在这里独自悲愁，独自吟歌。

57

世界与我相违，幸而我还有诗歌。这诗歌就是浮桥，架在我与世界之间。摊开两只手掌，检视掉落的时光。是谁把我从青葱少年，变成白发斑斑？

58

我知道这个世界上终究还会有另一位诗人，与我在互相寻找。我沉静下来，在这戏剧性存在的复调音乐里，去寻找那个美好的嗓音。啊，我终于听到了那舒缓的嗓音，透过那嗓音，我发现了某个拱门似的东西，它存在于我生命的最后时刻，存在于豫南乡村的田园诗般的童年。

59

夜晚大地沉睡，只我一人无眠。

我想做些什么，赶在死亡之前。

60

惊异地，我眺望这方天地，羲和洒下炽热的火焰，雷公劈开这里的山脉，诸神共同造出高峰、低谷和平原。高峰带着葳蕤森林、翻飞的鸟群和奔竞的猛兽向着沉吟的天空升攀。大山的额头没有冠冕，没有花朵和鸟鸣，只有悲风四旋。

61

我返回老洪河，返回故乡。轻柔的风儿吹拂我，就像从前一样。树林将我抱在怀中轻摇着，安抚我这颗忐忑的心。神圣的绿荫是生命的见证，我仿佛又回到少年，神清气爽。

62

山脚潺潺流泉边，牧羊无忧地吃草。善歌的夜莺刚刚长吟，飞逃的鹳鸟却羞于接唱。啊，我请求你，故乡的候鸟！请让我的回忆，搭乘你的翅膀。繁荣的春天，处处流光溢彩。月季绽放，葡萄酒的香味越过平原和山峰。

63

野兔跑出了树林，阳光穿透云层，天空盘旋的雄鹰是这方天地的国王。山谷的花儿靠泉水滋养，村庄悠然自得，农舍铺散在绿茵上。云霞红彤彤地在湖边闪亮，树林染绿了幽径，一扇扇窗户辉映着金色的霞光。

64

在云彩之上，有全能的苍天！还有大地和光，还有父老乡亲，我与你们永不分离。我曾浪游四方，历尽沧桑。现在我又回到这里，高擎杯盏，邀你同醉。

65

桃树依旧为我繁茂，花儿仍令我陶醉，故园的清风吹过缀满玫瑰的灌木丛。我的樱桃树，已被暗红的果实压弯了枝，枝条自己殷勤地伸向采摘的手。

66

母亲的歌声悦耳，她曾带我在草丛嬉戏。慈爱的父亲沉默，曾经培育我和树苗。童年的我就像小鸟一样，在风中的林间玩耍，或者从树林的顶梢仰望蓝天。谢谢你友好地接纳我的目光，故乡的天空。

67

帝王啊，洗洗睡吧。你修筑的城市，早已被风残雨剥，成了残垣颓壁。你宣扬的道理，早已遭到质疑，被弃若敝屣。你建立的王国，早已被岁月夷为平地。你曾经的丰功伟绩，早已在历史风烟中湮灭，未留下蛛丝马迹。

68

诗人啊，你曾贫贱一生，却在后世的天空中熠熠生辉。你行走坐卧的地方，成了后人膜拜瞻仰的圣地。你对世人的悲悯，感动了一代又一代寻常黎庶。你在精神王国建起的爱的神殿，已经成了圣地，任何力量都无法将其摧毁。你毕力构筑的精神高地，正成为一代一代年轻人前进的桥头堡。

69

诗人啊，四处都是凉爽的林圃，你何忍心放任人们疾走于灼热煤炭所合成的圆周线上？饥饿的孩子们拥向母亲的怀抱，信徒苦苦等待心中的圣者，世上的一切都爱重着你，人山人海奔向你，渴盼你的诗篇，如同干裂的唇角期待甘泉。

70

这迷离的人生，不觉已过半个世纪，而心中的困惑，竟是越来越多。人生的阳光、鲜花和宁静美丽的自然春天，沉重、忧愁和令人焦虑的人生危机，不时让我潸然泪下。享乐之后是空虚，纵情之余是烦乱，“人散尽，一钩残月凉如水”。

71

诗人啊，只因你认清了最内在的真正自我，你必愿以一身承担这世上所有的痛苦。这个世界上的每一个人，都牵系着你的心。你尽力助人，殒身不恤。

72

这个世界上的一切生命都息息相关，一切因果流转循环，苦恼的人类、受痛苦摆布的动物和没落的世界，这一切逼仄你的眼睛。你试图带领人们挣破被操纵的生存，抛掷束缚，打碎坚牢的桎梏。

73

我逃离喧嚣的凡尘，向梦的深处探问。逆着一段段溪流向上攀援，经行一方方神性的天地，惊诧于一处处绮丽的圣景。我趺坐芝兰空谷，内视冥想，向自己心灵低诉。

74

世人啊，对不起！我的诗篇中没有面包，也没有猎枪；我的诗篇无法指引通衢大道，只能陪你共历芊芊莽莽；我的内心深处没有别的，只有无边的爱怜和泪水。

75

牛儿悠游于草地，鱼儿徜徉于池塘，鸟儿飞翔在天空，动物奔竞于森林，这一切都是自然的安排呀。一如春种夏荣，秋收冬藏。一如月圆又亏，月亏又圆。一如潮起潮落，斗转星移。

76

诗人啊，你徒劳地追求在时间中流逝的现象，你探究世人一切行为背后的意义，你追寻衡量真善美圣的尺度背后的尺度，你不顾忌俗人的意见，你发出世人难以理解的呐喊。

77

啊，我的兄弟，请听我言：请记住这世上所有的苦难，并在苦难中等待欢乐；请享受着这世上难得的幸福，品味着自由的芬芳；请如饥似渴地追求真和美，努力以此获得面包充饥，清泉解渴；请保持善良，不作恶行，并坚信良善是人生最好的慰藉；请清心，并以此与圣灵对话；请怜恤世人，也承蒙世人怜恤；请使人和睦，并使和睦的灵魂凌驾于兵戈之上，使贫民的荒地变为花园。

78

啊，我的兄弟姐妹，请听我说：你曾被追逐，仓皇奔跑，但因此练就了迅疾的双足，就如添了羽翼一般高飞远逸。你曾悲伤如落叶，却拭去泪水，抬头高歌。你卑微如尘埃，却在一粒沙里发现了天国。你是这世上的盐，给食物添加了滋味。你是这空中的光，在顶峰闪耀，照亮那些寻求神圣之城的人们。啊，我的兄弟姐妹，我如此深爱着你们！

79

羲和，羲和，你能否停鞭慢行呢，暂莫叫太阳迫近崦嵫山旁？羲和，羲和，你能否倚日饮水稍憩呢，莫叫若木之花烁烁放光？羲和，羲和，你能否在和风中安眠呢，让我追上你的步伐？羲和，羲和，你能否回眸轻轻浅笑呢，别让时光染白我的鬓发？

我注定是乡下的少年，却被迫游走于城市的街道，心儿永恋广阔的田野，怀恋泥土的气息，灵魂逃逸彳亍于青草和芳林。以风为笔，抒写野花与庄稼的清香，当甜蜜从爱情的枝头滴落，我不由地号啕大哭。你知道，我的梦清瘦，一如村南摇曳的秋苇；我的泪清澈，一如林间澄明的月光。

——题记

秋苇集

1

我注定是乡下的少年，却被迫游走于城市的街道，心儿永恋广阔的田野，怀恋泥土的气息，灵魂逃逸彳亍于青草和芳林。以风为笔，抒写野花与庄稼的清香，当甜蜜从爱情的枝头滴落，我不由地号啕大哭。你知道，我的梦清瘦，一如村南摇曳的秋苇；我的泪清澈，一如林间澄明的月光。

2

诗人啊，你带着五色花环，却被世人围观嘲笑。你精心拣来珠贝，却被世人丢弃践踏。你歌唱美妙的曲调，却被世人认为呕哑嘈杂。你无奈地隐居诗丛，却又被世人无情驱赶。

3

诗人啊！谁许你在空无一人的旷野里奔跑？谁许你在阒无声息的大厅里呼叫？你是一位没有寸土的国王，徒自戴着巍峨的冠冕。你是一位顾盼自恋的天使，兀自对着湖面喃喃自语。你在芊芊莽莽中迷失，苦苦寻找回家的幽径。你在旷野中谛听，谛听无涯那畔永恒的呼叫。你在旅途中寻找，寻找神秘显露的幽微的踪迹 。你在思想的尽头趺坐，静观灵魂从心田里孕生。你奉献出自己全部的心血，只为染红这苍郁灰色的世界。

4

细雨春晨，梧桐南、竹篱边，一株不知名的花儿遗世独立，惊艳之姿让赤足少年痴呆了。那少年嘴唇青紫，瘦弱如风中薄纸。时空变幻，少年已老，那少年只在梦中与花儿邂逅。他满世界寻找，再未见到。哎，少年时光啊，总是一去不回！

5

我是一个孤独的船员，我的名字叫无常，有时我是白无常，有时我是黑无常。我日日摆渡于灵河的两岸，可惜去往彼岸的游客从来都是一去不返 。我不忍了，只想稍稍停歇，暂且随波逐流。可是此岸的旅客又在争闹，高声催促。我和我的影子执手同行，惊悸的夜鸟拍翅不知飞向何处，夜空清冷，天际的歌声响起。请许我以心弦伴奏，吟一曲永恒的离歌。

6

诗人啊，你感动了自己，却全然不知别人的冷漠。你约束了自己，却全然不知别人的冶荡。你在镜子的前面疯狂地跳舞，独自欣赏着自己的身影。你高声朗读自己凌乱的诗句，无视别人掩耳和皱眉。你用尽一生去建造一座疯人院，却把自己关了进去，再也没有出来。

7

诗人啊，你临窗而坐，眼前的世界让你惊讶！那无际的春海，正激情泛滥。万紫千红之间，春意纵横。周遭的春色，要将你淹没了。

8

诗人在晨曦中醒来，傍在高楼的飘窗。羲和神车正从晨露中疾驶而来，诗人的眼前一片敞亮，胸中也一样地豁然开朗。诗人唱出了喜悦的歌，那歌声越过千林万壑，流溢四面八方。可他又默然垂首，悲愁与孤寂掩人清眸。就在这晨光之中，就在这高楼之上，诗人快站成雕像了。

9

哀愁的诗人啊！谁知你美妙的歌声中，包含着浓郁得化不开的烦恼！谁知你轻快动人的曲调里，深藏着哀婉和悲泣！谁知你深切抒情时，掩盖着对灵魂的苦苦寻觅！谁知你清明畅达的论辩下，隐瞒着无家可归的哀愁！

10

诗人啊，你的脚步或前或后，你的思想或左或右，你的意志或隐或显，你的情感藕断丝连。逻辑与荒谬，在你的心里一起捆绑，你在真实与梦幻相会的边缘跌跌撞撞。

11

拿起笔，我睥睨这世上所有的权威，蔑视这世上所有的君王。我将世俗的训诫掷于山谷之中，将偶像弃若敝屣。那些宏大、崇高、厚重、深远的事物，我都毫无兴趣与其接触，却深情地蹲下来对着一株小草、一朵小花倾诉。

12

听说：睡梦中，灵魂不堪肉体的拘缚，月光下悄悄逸出。它攀着月华绣就的银线，去亲吻浥露欲绽的花骨朵儿。在细雨中梳理关于孩提和青春的念想，唤起关于琅嬛和云山的回忆。轻轻抚去有情人儿眼睫上的泪珠，然后逆风而行，在千山万水间飘忽。梦醒的刹那间，灵魂迅即赶回，灵肉重新结合，去面对这纷扰的尘世。

13

嗨，你带手绢了吗？今天可能用得着。我的马逃逸了，不知它到底中了什么魔咒。黑暗四至，我听到一声狞笑。我小心翼翼地抱着我的奥秘，时间一久竟忘了那是什么。周遭的脸千人一面。我用叹息寻找叹息，用哭泣回应哭泣。谢谢你的手绢，它绵软，细密。

14

清晨，我猛地坐起，那些文字从额前、发际，正在逃跑。零乱的队列，匆匆地集合，细碎足音渐远渐消。云雀叫醒拂晓，我听到万物在浅笑。那些文字我都认得，它们在草丛、花间、林梢。就连邻家的小狗狗，眼神里也透着玄妙。那些文字逃出了我的掌握，我只能在大千世界里寻找。

15

我的心中，有另一个我。我的心事，总先被他捉摸。我在林边漫步，他在暗地里跟着。我猛地回头，他又在树影下逃脱。我赴爱的约会，他无礼地大喊大叫。我谦卑地揖让，他却放肆地纵情大笑。这个讨厌的小我，想舍却舍不掉。只盼我的心事，不要被他到处传说。我向造物主祈祷，让他与我完全重合。莫让爱我的人与我爱的人，分不清哪是真、哪是假的我。

16

前天，我听从神明的喻令。匍匐在他的脚下，仰视着无解的虚空。将羸弱的生命带入澎湃的生命共同体，无喜亦无怖。昨天，我服从英雄的指示，英雄是我行动的导师，舵手指引着航行的方向，我随大家伙儿一道前进。可今天啊，我终于站立在自己的土地上了。我试着发出自己的声音，但声音微小而喑哑，顷刻又淹没在众声喧哗之中。我试着行走，可向哪里跨出自己的第一步啊？我四傍无依，茫然四顾，但田园牧歌已随童年远逝。身后已无退路，必须向前。这时我不能请示英雄的指导，因为我已逼着英雄退隐。我也不能说，神呀，请赐我力量！因为我已亲手将神赶走，连最远的星球也没有留他栖身。

17

让淫雨停止，天空重新放蓝！让阳光绚丽，树叶再度斑斓！让恋人真心去爱，不再精于计算！让人们敞开心扉，自由言谈！让孩子擦干眼泪，拍手相迎鸟儿起落于庭院！让不再讪笑着欺人欺己，让真诚重返人间！

18

春的赠予，是嫩芽一枝。群鸟振翅般带来，一天一地的生机。夏的赠予，是风荷南塘。无伴奏合唱，让燠热重返清凉。秋的赠予，是弦月半轮。轻叩寂寥的窗棂，抚慰诗人狂躁的心。冬的赠予，是白雪千山。亘古的宁静，抚慰我纷乱的心田。

亲爱的造物主，我拿什么赠予你呢。唯有微笑着，依傍在你的身边，并聆听你的缄默吧。

19

在秋风里唱一支歌，这于我比较适合。只是这歌不知为谁而唱，谁又能辨识出这歌的曲调？

在秋风里吟一首诗，这于我比较适合。只是这诗不知为谁而吟，谁又能理解这诗中的别意？

也许我应在秋天什么也不做，只在秋色里一杯在握。尘事于我已无牵扯，斜阳又在千峰那畔沉没。

20

我的心在天地间流浪，无人说得清它的方向。无人知我为何在别人狂欢时无言地流泪，无人知我为何在夜林间独自徜徉。

我的心在天地间流浪，谁能把握它的方向？谁伴我在片刻间享受欢娱？谁知我在人们的视野外永久地忧伤？

我的心在天地间流浪，云霞虹霓揣测它的方向。我常常想抓住闪电的尾巴，却往往喘息在雨后的山上。

我的心在天地间流浪，四季的风追随着它的方向。看它在芳草间短暂停留，看它在波峰浪尖扬帆远航。

21

我是倔强的歌者，夜夜歌唱在你的窗前，只盼着那多情的南风，偶尔掀起你清雅的窗帘。不要嗔怪我的固执，也不要将我驱赶。我已跋涉千山万水，忘记了当初的故园。你若真的不愿，我立即停止歌唱，秋风已吹老我的容颜，芦荻也愁白了我的头发。我背起行囊，再次流浪在人间。

22

我歌唱明亮的阳光，照耀在金色的沙滩上。孩子们快乐地跳啊唱，天地一派欢畅。

我歌唱那清风鼓荡，一千年轮回沧桑。海燕子激情地翻飞翱翔，翼尖掠起波浪。

我歌唱心中的狂想，九万里长天云扬。闪电击醒了四大洲七大洋，思绪飞向玉宇茫茫。

23

我是一个高傲而无奈的疯子，独自戴着瑰丽面具呐喊大笑，独自在山间光影里奔跑跳跃，独自迎着狂风暴雨，独自潜于深海的幽暗。朋友啊，你哪里会明白我为何发笑，又为何哭泣。我们并非同道之人，虽然手挽着手，心却隔着千山万水。我只有与深海里的大鱼对话，对着万象和星辰呢喃，用着你听不懂的语言。

24

重新让笔行走，如风，在空中自由流动。笔不是我的工具，它是我朋友。我熟悉它的性情，但难测它的行踪。它有时激越，有时清愁。有时像火焰在燃烧，有时又像寒冰在凝结。有它为伴，我的眼睛里已不再有恐惧，我的眼神清澈空明。

25

是谁，日日在旷野号哭，嘶哑的嗓音呕哑嘈杂？是谁，夜夜在荒林彳亍，跋涉的脚印血迹斑斑？秋风渐冷，寒蝉凄切，这世上的每一扇窗都对他关闭。落叶飘飞，天地寂寥，哪里寻找栖息的港湾？

诗人啊，可怜的诗人……

26

爱是炽热的阳光，击破三冬的严霜。唤醒沉眠的眼睫，振飞翱翔的翅膀。

爱是那天风鼓荡，一路带来春的歌唱。慰藉寂寥的情怀，吹开浪漫的衣裳。

爱是雨夜的灯窗，劈开黑幕茫茫。指点暗礁和险径，迎接小舟的归航。

爱是花的芳香，浥润有情人的心房。快乐时由他快乐吧，受伤时为他疗伤。

这就是真正的爱呀，前路是共同的方向。不束缚也不控制，执手是青春的模样。

27

世人啊，你何苦令我忧伤！卑鄙者大行其道，高尚者步步荆棘；有人在哑巴面前高谈阔论，有人在瘫痪者后面跛足学步；有人欺软怕硬，有人嫌贫爱富；有人依着别人的豪车自拍，有人拿别人的失误自慰。有人跪倒尘埃，向神坛献祭，心里却算计着欺骗神灵，并向神灵索求无度。

28

我的心不在这里，

我的心在青藏高原。

29

上苍，感谢你赐予的礼物：窗外初开的花儿，林间飘落的叶儿，微风吹过心田，恋人低声对唱，鸟儿掠过天空，雨儿滴落荷塘……我爱这时光的流逝，也爱这风物的轮转；我爱这眼前世界，也爱这心中情感。

30

诗人，那令你劳作的，与面包无关。风乍起，吹皱一池春水，干卿底事？你为何因着别人的痛苦，更加痛苦？为何因着别人的欢乐，更加欢乐？为何因着别人的贫穷，更加贫穷？为何因着别人的富有，更加富有？你关心别家的孩子可否上学，你痛心别家的老人可否就医，你向与你无关的罪恶举起利剑，你向别人的美善唱起赞歌。

31

我们需要面包，也需要晨曦。我们需要饮水，也需要月光。我们需要感官觉察的快乐，也需要灵魂拥抱的幸福。

32

花从泥土中开放，文字从梦中开放。生活正穿过诗人痴痴呆呆的思想。

33

在苦涩的斜坡下，心灵已绝望。最后一颗太阳，以令人眩晕的速度奔来。那匹流血的马疯了，不停地腾跃。男人们在密谋，摧毁十字架。

34

道路的路标不见了，我要驶向哪边？桅杆的标记也不见了，我要溺死在黑色的海上吗？

35

聆听故事和寓言，那讲述者的声音多么令人迷醉！我沉浸在故事之中，似觉夜幕降临大地时，空中之花盛开；似见白昼掩匿星辰时，大地之花怒放。我端详着他，举杯忘饮，也忘记了酒筵上的珍馐。我听着他的言论，仿佛自己置身于一片遥远而未知的土地。他寓言里的精神，是最美最醇的葡萄酒！

36

天空充满雾霾，道路失去标线，酒中的气泡飞腾，少女的痴恋纠缠。忧郁的诗人啊！

生活在沸腾，城市在焚烧，天空在雨中消失，鹰爪抓挠生命的心脏。愤怒的诗人啊！

黑森林里眼睛眨动，松子蕴藏四季的阳光，风暴中的头发在猎猎地飞，千骑卷过平冈。激情的诗人啊！

眼睛被迫闭上，舌头打了卷儿，手脚被捆绑，文字被披检得东倒西歪。可怜的诗人啊！

37

莫小瞧苹果核里的一粒寻常种子，那可是一片无形的果园呀。莫小瞧儿童矮小的身躯，那胸中可是有一颗滚烫的心呀。

38

一只鸟，为了一朵百合，可以去生，可以去死。

39

世间最深奥的，莫过于人的心灵。丰赡与幽深的对话，真善与美圣的回响，除却心灵以外，还能有谁在言说和呼唤？还能有谁在聆听和回应？

40

拿我来献祭吧！让我的面孔在太阳的光盘中辉映，让我身体在祭坛的火焰里舞蹈，让我的精神激励所有的男子和女子去寻找祖先的圣殿，让我的智慧相助穷途末路的旅人找到生命的起点，让我的经验指引孩子们越过帝王的城垣昂首阔步，让我的勇气鼓舞所有世人的心胸。

41

抱歉，我无暇念及你的言辞和动作，无暇回应你的相亲和相扰。仓廪正需要我充实，田畴正需要我耕作；笔墨也已备好，远处的景物正列队进入我的诗行；天际的风正吹着我的头发，云外的圣灵呼唤着我的心。请勿打扰。谢谢！

42

朝圣的路上，有的人轻轻松松，折扇轻挥，身姿飘逸，潇潇洒洒逶迤而行。有的人负重前行，大汗淋漓，步履维艰。而有的人，我的朋友啊，他们身体残缺羸弱，却也奋然前行。山道崎岖难行，有时他们攀爬，跛行，甚至仆倒路旁。但他们目光坚定，决断前行。我的羡慕送给走在前面的人们，而我的赞美却要送给在后面追赶着的人们。

43

这是通往顶峰的羊肠小道，层林阴翳，荆榛丛生。此间晨昏寒暑，花开花落，谁人能知？我日日跋涉，夜夜露宿，只为一睹山顶的风景。而终于到达山顶之时，我看到了什么？没有花香，没有鸟鸣，尖峰独峙，悲风四旋，天地苍茫。

44

伪君子，请原谅我不能原谅你。别人的脸有美有丑，而你的脸却笼罩着面具。别人的手空着或拿着武器，而你的手却戴着手套。别人诚实、柔顺，而你却为他们套上重轭。别人寻找自己的食物，而你却像踞在岩石上等待攫取死物的兀鹰。别人在崎岖的路上踧行，而你却在风沙里狞笑。伪君子，请原谅我不能原谅你。

45

哲人，你的文字是否近乎偏执？你提及的都是一个个孤零零的特例吧？我承认，这些特例揭示的道理超越常规，深不可测；你的笔触绵延不绝，好似一条语言的长河，它泛滥着，灌溉着真理的国土。

46

我在月桂树丛中肃立，清静我的思想，调谐我的心弦。之后又在草丛中躺倒，周围盛开着夏日的花，我的灵魂安宁。

47

永恒的宁静中，谁在虚空中驾临？尘世的歌声已经远逝，星斗起舞于身畔。这一刻，我停下了前进的脚步，专心在风中，哭泣。

48

这是一个丰收日！大地芳草鲜美，鲜花簇簇，宛如婚宴上美丽的公主；而大地戴上这世上最瑰丽的珠宝时，天空便成为她的新郎。

49

诗人，你如此狂热地追求，永无止境的努力所为何来？你在时间中打捞余光，把世人多愁善感、隐晦不明的思绪倾泻笔端：折翅鸟儿的哀啼，窗儿初开时的呼吸，拂晓初醒时的呓怔，翘首等来的月出，蜂儿满载返巢，蝴蝶相恋而舞，情人默然对视，羁旅枳花开放、槲叶飘零……诗人啊，你如此敏感，合该病着了。

50

舞者，你是天地间的精灵！

在你的舞蹈中，我看到了：春花绽蕾，秋叶坠地；水波涟漪，大鱼翻涌；荷花盈露，杨柳迎风；孔雀开屏，雏莺学飞。

在你的舞蹈中，我听到了：月下梵呗，林间笛鸣；山山对语，冰川消融；羁旅哀叹，槲枳晓风。

你将天地万物融汇于一曲之内，世上的真善美圣尽在你的动作与节奏之中。

51

独处之策有二：做宅男宅女，或与陌生人为伍。我常选择后者。在人群里一样可以掩卷沉思，心游万仞。红男绿女在我眼里只是一棵树，一株草，一朵花，一片云，心中不起一丝波澜。

52

每一个黎明，我向着朝阳奔跑。我在晨风中作曲，依着大自然和谐的旋律。我在天地间歌唱，咏歌这曦光中的大千世界。我笑，我哭，我长吟，赞美那阔大神秘善意的伟力。我忠实于大地，小心翼翼侍奉，从不敢亵渎。我心胸如海，世人对我的轻蔑、侮辱和不解全被我投入海的怀里。我忍受肉体的锻炼，以求得灵魂的愉悦。

53

我长久地沉默，惯听树木呼啸、溪涧潺湲。我的灵魂平静光明，与旭日下的山陵相看欢然。世界已沉入黄昏，冷风吹过孤独的行者。我仍不说话，独自向前走去。我走过森林，走过草地，走过河畔和山石，回到住处。已是午夜时分，暗云里射出闪电，饿狼在我身后的林子深处哀号，饥饿又攫住了我。谁在敲我的门，送来食物和水，一言不发地离开，我来不及看清他的脸。

54

我心灵的土壤还肥沃吗？我担心它变成荒漠，长不出芳草和大树。

55

世人啊，请踏我做石、作桥，并一一跨过。请搭起射向彼岸的渴望之箭，莫顾怜我的累累创伤。请倾听我受伤的灵魂，它是深邃的，我的精神与心灵两相自由。请咏歌我的诗句，它像硕大的雨点，一颗颗从高悬在天上的黑云里坠落。请小心我思想的闪电，它就要到来，挟着风暴和雷鸣。

56

酣眠醒来，我睁开眼睛，向寂静的林间瞥去，我看到一头巨大的白象。大象无形，我平时视而不见，今天它第一次进入我的视野。那一瞬间一个个朴素的真理，欢歌着、跳跃着拓胸而入，融进我的血液和灵魂。世界的真实洞然无碍，真理的表达却不容易。

57

奋斗者寻找的是相类的奋斗者，一如在田园结识农夫，在图书馆邂逅学霸，在竞技场与健儿配合或竞争。庄稼成熟了等待收获，我们共同去打造镰刀和耕犁。学术幽明难解，我们共同批亢捣虚。也在运动场上挥洒汗雨，之后坐在林前溪边的草地上，欣赏花月与云朵的嬉戏。最后永久地睡去。

58

我将歌唱，唱给独居者，纾解他的寂寞，我担保他的耳朵从未听过这样的歌声。我将把我的祝福撒向风中，吹散到世界的每一个角落。我将向世人指示彩虹和云梯，并告诉俯瞰之美。我将向着我的目的行进，林木是我的路标，我将越过好奇者、闲聊者与踌躇者。

59

天空中有尖锐的鸟叫，一只苍鹰浮在天空，它为侦察而来！人群里的危险甚于置身兽群。鹰，我的兄弟，请指点前进的路。我的高傲，我的疯狂，我的寂寞，与你一样啊！

60

自卑损伤高傲，疯狂讥讪智慧。庆祝胜利时，常常忘记了主张。知识和草籽足以自养，真理让灵魂充饥，千百年的灵性熠熠闪光。

61

小孩是我的导师，我向他学习天真与遗忘。

62

“独卧冬日向阳的山坡，或与好友炉边夜话”，这是散文之境。细想这种场景的达致本应是何等的轻而易举呀，为何我们没有暂时停下匆匆的脚步，体味一下这种散文之境呢？

63

哲学与诗，我素不主动招惹他们。然而哲学自作神游，诗笔随意东西，与我有什么干系呢？

64

在对意义的追寻中失去意义，在对完美的趋骛中远离完美。前行的路上总是烟水苍茫，秋意弥漫。哪里才有永恒的“面向大海，春暖花开”，一任我们哪怕稍稍的驻足？无来由的心悸啊，如影随形地伴我始终。

65

在人潮中，我感到孤独，比肩接踵的都是些陌生的面孔。在会议室我感到寂寥，大家另有心事，主持人悄悄在看手表。觥筹交错后我逃向春夜，独自凝视月下将开的花蕾。草地上我默默拊膺，瞑目聆听自己的心泉、自然的呼唤。天风和狂飙荡涤我，荡涤我心中的一切一切的假恶丑俗。曦光和天籁唤醒我，唤醒我心中的一丝一缕的真善美圣。我奔跑，哭泣，呐喊，寻找……

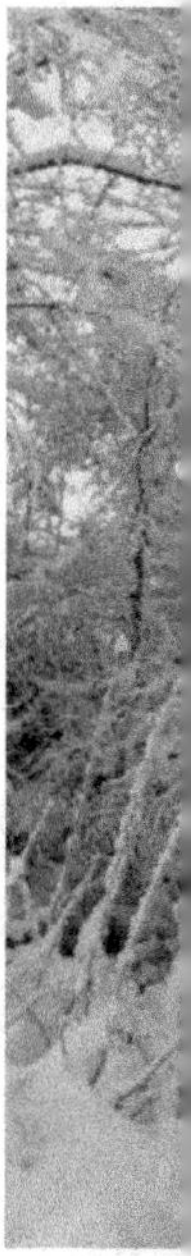

66

须知这无语的沉默，乃是言谈的基础。沉默不是做一个头脑空空的哑巴，其实是满腹心事欲说还休。我的这些话语必须要讲吗？这些话语必须由我来讲吗？听我讲话的恰好是合适的人吗？这些话必须在此刻讲吗？我怕我的言谈异化成闲谈，我怕这无意的欺骗延续世人的常态，我怕言者虽然谆谆听者只是邈邈，我怕我的话语只作于有闲者的谈资，我也怕未卜先知式的话语无啻于模棱两可，我也怕浮光掠影言的不及义让这一切无人为之负责。所以，心爱的朋友，我们还是止于沉默吧，就这样晤对不语，就这样相看不厌，就这样拈花微笑……

67

我想你，并通过想你，想一切人一切事。我爱你，并通过爱你，爱一切山一切水。我拥抱着你，并通过这拥抱，来拥抱这个世界。

68

心爱的，我对你说：我的欢喜，是卸下了面具的悲苦，这悲苦不为自己，而为无数陌生的姐妹兄弟。我平静的水面下是汹涌的波澜，卑微的胸膛里是纵横阡陌、千山万水。我奔跑，朝着曦光加速。跟随我的是弓刀千骑、十万貔貅。我呐喊，伴着天风呐喊，四野空寂，回音联翩。我号啕大哭，因为我看到了别人没有见过的圣境，噢，请原谅，那大美，我摹写不出。

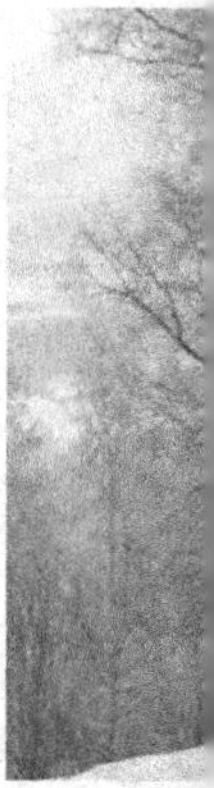

69

我哭着求告：我已已矣，而年轻的生命正如花开。我祈求莫让假恶丑俗，一次又一次污染那纯洁的花朵。我笑着盼望：神与英雄已归入史册，人正应约而来，我已听到了历史战车前行的胎噪隐约，风声呼啸。

70

清晨，自山顶俯瞰世间。乡村和城市在云中浮沉，整个世界既真切又缥缈，一如人生……

71

摊开自己的诗篇，诗句如一群刚放学的孩童，呼啸着、大笑着冲出来，奔跑在天地之间。而此时，清澈的阳光，正照着这锦绣大地。

72

噢，梦中的你，可是白衣飘飘的古人吗？可愿与我杯酒相对，浅斟低唱？或许，你竟是未来的人儿，为何眼眸里泄露出天使的讯息？世界变换如此之快，我为何老是停留在诗词满架的书斋？诗句在我眼前熠熠生辉，犹如星辰闪耀夜空。

73

噢，我的文字！它常常是全然的言不由衷啊。就像风中的落叶，就像水中的浮萍。哪里是它的根？哪里又是它要去的方向呢？

74

诗人啊，你何堪忍受人生的煎逼！因着你的眼睛被秋水洗净，你洞彻真正美善的王国。你须遁入那静寂的圣所吧，那圣所只在你的心中。诗人啊，那求真求善的征程缘于此地，那觅美朝圣的雕鞍已经备齐。你的使命本不缘于君王的律令，你的劳苦仅仅因你甘愿付出。

75

我不相信帝国能够永久存在，无论现世的帝国还是观念的帝国。上帝已被放逐到最远的星球，羸弱的人已站立在大地之上。阳光普照着这方天地，人们正从帝国的缝隙里，寻找可以改造世界的可能性。反对帝国的代表是大众，是富有激情和动力的个体的集合体。他们行动的潜能提供了建立一个更好的世界的希望。

76

我在田野寻觅，听野地里的呼唤，追星辰中的梦幻，探索冷酷乏味、贪婪丑恶的现代文明根源的黑色奥秘。我散步山中，聆听山的轻诉。阳光撒入森林，自然的宁静注入我的心田。风给我清爽，雷雨给我能量，那些亦真亦幻、漂浮着皑皑白雪的山顶是对精神的承诺，自然关爱犹如落叶飘下。倚着一棵树，我莫名感动，泪湿眼眸。

诗人啊，你是大自然纯洁的孩子，赤脚徜徉在曦照的林间，编织圣与美的花环。

——题记

林间集

1

诗人啊，你是大自然纯洁的孩子，赤脚徜徉在曦照的林间，编织圣与美的花环。

2

风桥独立，天地苍凉。病着的诗人，夜夜垂泪。

3

诗人啊，谢谢你吟哦神秘园中的夜曲，赠予烦累的世人片刻轻闲。

4

诗人啊，你为何在人们喧闹之时沉默，又在人们沉静之时呼告不已？你合该寂寞了，因为你与自然更为相契，而与人事过于疏离啊。

5

诗人啊，你害怕寂寞，却又为何寻求寂寞？为何你弹奏的竖琴，发出不安的疑问？世界沉默不语，回应你的只是四季轮回，日夜更迭。

6

诗人啊，不是落叶有意惹你哭泣，也不是秋风有意愁苦了你。那是造物主导演了季节更替，斗转星移。

7

诗人啊，我酷爱着你的诗句，但更爱那浸润其中的晨露，更爱那披于其上的霞彩。

8

那首曲子又一次响起，不知何所来，何所逝。神性、梦幻、伤感。我说与他人，可听者只是懵懂摇头，漠然走开。那首曲子真的只有我一人听到吗？真的只有我一个人听懂吗？

9

春涧欢歌，夏山青翠，秋叶飘零，冬雪寂寥，这都是自然的安排。诗人啊，你为何耿耿于怀，拊膺不语？日落黄昏，归鸟倦翅，天地一派茫茫苍苍。久立的诗人啊，你为何以手扶膺，清然泪下。

10

诗人啊，你的夜晚也许是另一个黎明，你的清醒也许是更深的梦境。你的清愁也许正孕育难抑的狂喜，你的宁静也许欲发出凶猛的雷声。你的无奈也许正是你的抗争，你的奉献也许正是你的光荣。你的歌声也许只为充实世间的空虚，你的灯盏也许只为照亮四塞的幽冥。

11

山门外淡淡的云丝，云丝间融融的月色，月色中润润的草莽，草莽里弯弯的山径。噢，那一点孤影，可是彳亍着的诗人？

12

一首诗逃出书斋，独自前行，她羸弱，又唯美。没有人在意，她行走于人们的知觉之外，连作者也忘记了她的存在。她伴着一束光影，一道山径，一丝晚风，一缕花香。一首诗孤独地，寻找自己。

13

我是上苍的弃儿，哪里有温暖的怀抱？我在天地间流浪，赤脚走遍千山万水，行囊里只有寂寥，只有风凉。

14

纤弱的诗人，坐在晚风里，一页一页翻阅自己的诗行。诗行中隐映着过去的山径和池塘，那来时的风烟里有太多欢笑和泪水。还曾有——一弯新月，一株春树，一缕花香，一人歌唱。

15

静海的柔波，娟秀的女孩，绮丽的晚霞，落泪的诗人。青黛的远林，绒绒的草坡，怜爱的月，孤苦的诗人。

16

一行归雁，一襟晚照，一座秋山，一涧碧水，一袭青衫，一位诗人。

17

一卷在握，独立黄昏之姿，便是诗了。临风洒泪，对月伤怀，衣袂飘飞时怦然心动，那便是诗人了。真正的诗，何须动笔写呢。

18

诗人的冠冕，是虚幻的花环。可怜的人儿，灵魂负着沉重的轭，才结成晶莹的珠链。

19

诗人是富有的，人们的泪，就是馈赠给 TA 的珠链。

20

羸弱的诗人，只有在诗吟中，才会驾坚车，驭烈马，挺长剑，发出勇士的怒吼吧！

21

拂衣而起，横扫千军，势若奔虹。且住，诗人！收起你的狂想吧——除非在梦里，除非在诗中。

22

哀吟哑咤，谁在吹笛？呜咽凝滞，谁在悲吟？是弦月，是荒林，还是秋声？

23

我的朋友，如果我的诗使你愉悦，请不要赞颂我；如果我的诗使你不快，也请不要埋怨我。是诗笔自己摇曳，而我只能踉踉跄跄跟在她的后面，完全是身不由己呀！

24

丛林传来谁唱的歌？它有时隐约，有时明了。每一个黄昏我都去寻找。只可惜太多的芊芊莽莽牵绊，我只能以长啸或短吟相和。

25

我并非一位职业诗人，只惯于在工作之余，捧一卷诗词，倚一树花开。感动于花落我肩，香扑我怀。风何用吟，月不宜弄。我只是红尘一士，青衣仗笔。谨以敬惜之心微效愚忱，期望心爱的你吟读我诗时，怦然心动。

26

请原谅我只是一位诗人，受自然支配的善良的生灵。每天只在你目光不及的角落里，自言自语。

27

世上再没有比写诗更惨淡的事情吧？向晚的秋日，衰败的藤萝，让我低回。

28

请原谅我偶尔的疯癫，我向着朝阳呐喊，在阳光下奔跑，在暴雨和狂风中高昂着头。我只是一位诗人啊，朋友！请让我离开你的宴集。

29

且住！就在此时，就在此刻，那生活上的锋芒，那理想峰巅上的云彩和星霞，一时涌来笔底。自己聚散离合，编缀出一两串近于音乐的句子。读者啊，烦请自己去体味，那生活的底蕴里掺和着美丽的憧憬，情感浮沉流落，浓淡参差相系。不要谢我，也不要怨我。

30

我是一个凡人，我不弃金钱和文字。夕阳中我摆弄着汗水换来的钞票，红票孝敬父母，蓝票养活自己。月亮出来时我要沐浴，并叫醒灵魂林间草地共舞。我掏出自动摇曳的诗笔，在月华里记下舞步依傍的韵律。

31

午桥的笛声又响起来了！杏花疏影里，谁的歌声停歇，谁的清泪潸然，伴着这风拂，这月润？

32

我的心弦，只反复弹奏着一首曲子。也只有我的知音，报以微笑。

33

是你吗，女贞子？清冷冷站成了月色里秋的瘦影。诗人却只能用忧伤的诗吟，将你拥抱。

34

夜半，谁在窗外吟哦我的诗句？是天地间的风，还是古今里的人？

35

你确认这是唐诗宋词吗？明明是我第一次吟哦，怎么像我曾经的旧作？

36

谁在夜里叩响我的窗？是摇曳的玫瑰，是溪畔的柳风，还是痴情的人儿？

37

歌者，我在繁复的交响乐里，仔细听寻着你的弦音。我并非厌恶那伴奏的音乐，只是太喜欢你的歌声。

38

我欲高歌，谁人为我，风前舞？

39

嘘，脚步且柔柔，且轻轻吧。鸟儿宿在竹林，鱼儿潜在水底。便目光也放轻柔吧，莫惊乱了月影。

40

金箫玉琯，少女少年，正值春暖，城东游遍。老去的人啊，只可羡慕吧，只合回味吧……

41

世界上最美的花朵，不是牡丹，也不是海棠。它是诗人心中流出的欢愉抑或忧伤的血，在朝阳或晚照里，开出的爱之花。

42

独坐万山之间，掷开了赋诗的笔，也忘记了赞美的语言。秋风里，我成了痴儿。

43

诗有什么用呢？我在日月下冥想，站成化石了，仍未想出呢。

44

谁见幽人，独往来？月下寂寞，孤鸿影。

45

哈哈，你逸出了唐宋诗选，书已合上了。

46

要天阴就下雨吧，不要如此积郁，酿雨未雨。要忧伤就写诗吧，不要三番叹息，作诗未成。

47

文字自动聚合，列队前行，纵横变化。而诗人目瞪口呆，无可奈何了。

48

藤萝下，月明中，傲岸的诗人，凉凉的风。

49

飒飒的风，丝丝的雨。今夜只宜——默默流泪，淡淡忧伤，轻轻吟诗。

50

晶莹的诗句，于我有什么相干？是她们自己俏皮，跳进了天女的竹篮，被撒落在这尘世的草丛、路旁和山间。

51

半壕春水，一城花香。病了的诗人，彳亍望台。烟雨中，故园正在千里之外。

52

征文考献，寻章摘句。请你辍笔吧，你是病着的诗人！且扶杖起来，凭一杯酒，饮漫天的秋色。

53

谁在敲门？钓翁。谁在学拓？书童。病了的诗人，你并不孤单，心事腾空，才生诗情。

54

庭院深深里，病了的诗人困了纸和笔，也淡了幻与真。秋风起了，只自我囚禁。自我囚禁，秋风沁人。真耶幻耶，一任庭院深深。

55

扶杖，寻觅谁的孤踪？春山不嫉妒春裙的嫣红。若寂寞就叫起这湖里的龙，怕只怕这湖波烟雨迷离又空蒙。奈何桃花乱打兰舟篷，烟新，月旧，与孤独的诗人常相从。

56

为何见一抹泪痕？为何听一丝叹声？病了的诗人啊，你在哪条阡上爽约？又在哪条陌上逢迎？

57

侧坐床头，正倚书窗。病了的诗人，心事惆怅。正江河清清，关山苍苍；正秋风紧，秋雨长。

58

故友邀请，莫爽约溪凹与谷中。幽人往来，却只有寂寞孤鸿影。诗人病矣，心事斯世又有几人同？正秋风清清，正秋月泠泠。

59

诗情啊，你为何在我健康时，无暇来访；却在我病了时，不请自来？这一山秋色，这四野秋声，都沾染上了我的忧愁。

60

还要谢谢病呢！我停下了步履匆匆，关注到惨绿愁红。结束了一季风雨，开启了新的旅程。

61

梦中，我凭一双彩色的翅膀，翩然飞越千山万水。俯瞰纵横的阡陌间，写满真实的故事。

62

向晚的风，不要染白我的发。不知我的心，依旧鲜嫩青葱吗？

63

我的花儿呀，即使死神就在我的身旁，我也要再一次为你芟草，再一次嗅你的香。

64

灵感像丢失的猫咪，遍寻不见，它却一下子从窗外跳进来。

65

美人花依，湖波照容。山痕宛宛，林黛江青。珠明玉暖，春心朦胧。

66

我习惯于清晨漫步，树影犬吠，只为我准备。贪睡的人儿啊，你只可品残月下的清愁吧。

67

病的刚好，不轻亦不重，正宜摒去尘事，独立窗前。静静思索，款款秉笔，淡淡忧伤。

68

钓矶独坐，意无所指。好奇的鱼儿，与我隔着水面相商。

69

你是五月渔女，出入芙蓉浦头。青箬笠，绿蓑衣。那只小船，便是你的家了。

70

近地飞行，拉高，俯冲。可翅膀还要次次还给晨梦，远寺恼人的钟声啊！

71

行路的人，在檐下趺坐。月明风清，叹息飘进了谁的梦境？

72

亲爱的朋友，谢谢你与我一样，视滚滚物欲为无物。一样地该愁郁之时傻笑，在该欢笑之时轻愁。

73

山巅水涯，孤村暮烟，那正是我们心灵的故乡。

74

船儿已睡了，小岛还远。无尽的湖波啊，月透云梢。

75

不要惊讶于我的哀愁，这与你的宴集毫无关联。我快乐于人类的快乐，我哀愁于人类的哀愁。

76

晨星下，清冷的风中，我走在人们梦的边沿。

77

月下独行的人儿呀，好好珍重吧，别掉进别人的梦境。

78

蜂儿呀，请别践踏花的蕊。取走你喜欢的蜜吧，且留下这份飘零，容我双手掬起。

79

独立峰巅，暮意深沉。是谁告诉我，有一位山妖，正赤足行于山林？据说她的孤独，已独品千年。至今没有人听懂，她的悲歌。

那生命幻影一如梦境的小船飘动。柳丝披拂，乌篷船穿行，微风吹动晨雾中的帆，诗人站立船头久久怅望，小船没有明确的航向。雾散去了，船儿似在蓝天中荡漾。阳光的瀑布，洗黑诗人的皮肤。

——题记

欸乃集

1

那生命幻影一如梦境的小船飘动。柳丝披拂，乌篷船欸乃穿行，微风吹动晨雾中的帆，诗人站立船头久久怅望，小船没有明确的航向。雾散去了，船儿似在蓝天中荡漾。阳光的瀑布，洗黑诗人的皮肤。

2

诗人啊，你以微笑回应不解，以爱和善行回报嫌憎，你爱怜他人如同爱怜自己。你放弃世俗的满足，而从清贫中获得慰藉。你沉思默想现象背后的秘密，你在心田里催发灿烂的花朵，你只愿偕世人抵达心灵中那永恒的清澄、崇高、宁静和喜悦。

3

油被吸上灯芯，烟尘落在地上，这都是燃烧的一部分。俯身上坡，仰身下坡，行走的都是同一条道路。花开花谢，花香都同样氤氲大地。树荣树枯，绿影都曾经庇佑行人。朋友啊，请看淡生和死。

4

朋友，你真的理解我吗？晨起时满径槲叶的飘零，晚归时日落黄昏的悲凉，走过的路何止九曲十八弯，遇过的人来来又往往。我的微笑不是因为愉悦而是因为无奈，我的眼泪不是因为痛苦而是因为感动。我的高歌不是赞美而是谴责，我的沉默不是因为无话可说，而是感于苍白言词无法倾诉心中的狂想。针刺身上才知痛有多深，酒入愁肠才知滴滴化泪。我亲爱的朋友，你没有走我过我的路，又怎知我的苦与乐？且彼此体谅，且彼此祝福吧，然后各自踏上长行的路。

5

洪河湿润如昔，拥抱曾经的少年。可这眼前的河水怎能够洗平我脸上的皱纹，可这四野的风又怎能够染黑我斑白的头发？

6

昔少年，南湖间，天光云影笛声远。
而今回，赴旧约，十年生死人何在？
空怅望，秋山上，几许衰红几许黄？
风轻飏，舟轻漾，清泪莫流入梦乡。

7

道德嘲讽道德，学问排斥学问，伟大攻击伟大，美丽妒忌美丽……世人啊，弱弱地问一下：你生病了吗？

8

无人应答，尘事已远。危峰矗立，松涛悲吟，鹰隼掠过，山鬼伺人。我的手杖已敲遍这峰顶的每一块石头，这回声已化作凄清的诗行。可我为何还未释然？沉默，不知为何；哭泣，也不知为何。

9

我持杖茕茕彳亍绝顶，风从天落，周遭空寂，月牙如钩，星子如斗，今夕何夕！啊，我的朋友，你在野风吹不到的地方已然安眠了吧？

10

一粒米可以使小鸡寻来，一粒石可以使它跳逃。一根骨头可以使小狗奋力摇动尾巴，一根棍子又会使它惊惧退缩。权力、美色、利益、虚名，有多少男儿为它迷失双眼，生、老、病、死、爱别离、怨憎会、求不得，又让多少女子恐惧而神伤。且警惕吧，下一个路口踞着一位斯芬克斯！

11

我只给自己写作，我的诗文全是用我心头鲜血写就。所以它们温热，跳来跳去。它不愿为谁而屈服，不愿被谁亵渎狎玩。若你不喜欢我的文字，请不要假装讨要样书；不要勉强自己阅读。那样不但会伤害我的文字，也会伤害我的思想。若你看到我心血写成的箴言，也请不要出声，而是默默记在心头就好。

12

我是涯边的栏杆，你若想看风景，愿扶便扶我吧，我为你消除坠崖的危险。但我不能做你的拐杖，无法随你走东走西。

13

乌云滚滚，电闪雷鸣，人们惊散四逃。乘飞机穿越云层时，更是惊心动魄。但穿越之后俯瞰，下面却是洁白绵软，下方的雷鸣闪电也成了过年时的炮仗。仰望与俯瞰的区别可见一斑。

14

玫瑰的花苞期待露珠的重压，轻狂、美丽而好动的小灵魂啊，你的战栗中透出甜蜜的羞涩。

15

明媚的三月，泛舟开封汴西湖之上。两岸花柳青春，李花落红一片。大路上汽车疾驰，渐行渐远。葡萄开始酝酿心事，蔷薇的柔蔓缀满街角，岸边柳丝芦苇和葡萄的花枝，在西湖的微风中摇曳絮语。

16

只有伟大的灵魂，才可以在大地上发现自由的生活。在那里，他们独自或结伴潜藏着。飓风还未到来，海沉默着，林子里有宜人的柳笛鸣响。

17

秋风中，最后的几片秋叶为树的胸膛别上勋章，一只麻雀开始独占这片草地，童话中的松鼠开始为过冬贮备粮食了吧。书斋里的人儿呀，请走出来，在冬雪到来之前行走。

18

这是一个孤寂的小村庄，村子里只有一条小道。唯一的铺子就是村民的文艺沙龙。从村子跨出一步就会迷失在山中。村民们对时间的起点和终点很淡漠，只关注荒草是否会吞没庄稼。外来的人与村民对视，眼睛里全是迷茫。

19

树的生长其实兵分两路，它的干伸向天光云影，它的根却伸入黑暗的深处。我开始自惭于我现在所处的高度了。

20

光秃秃的悬崖顶上，蹲踞着一只黑猫，它双眼闪亮，期待着那朵金雀花的开放。

21

离开那些叫嚣的人，逃到了我的孤独里去吧！我不愿陷于高贵的喧闹而渐渐昏惑，无益的赞颂徒然增加烦扰。也不愿陷于卑微的针刺而受伤，伪装的哀泣中有几多无聊和威胁。我的屋宇就是土地和天空，我的四邻就是寒山与林泉，自然之母庄严而沉默地拥抱我，并许我在月下跳舞，倚树清歌。

22

太阳炙热了黄沙，人们渴望着泉水奔涌、浓绿匝地的生命之岛。伟大的、孤独的、不知道畏惧的人生追求者啊！

23

我的精神高傲，它蔑视一切假恶丑俗。我的精神谦卑，它景仰一切真善美圣。我的精神闪着火花，它是经铁砧和铁锤残酷锻造。我的精神热得发烫，它想要融化一山一谷的冰雪。

24

鹰翱翔苍穹，你可知它精神恐慌时的快乐？它在绝壁深谷上筑巢，你可知道它的孤独和骄傲？云间的风在它的翼下流动，你可知道它的寒冷和无惧？

25

世界不知不觉浸入夜的怀抱，我的灵魂一如喷泉，倾洒四野。何处轻吟爱之幽歌，我的灵魂静静回应。我就是夜啊，我被宇宙的光围绕，我的孤独在天地的眼里如此渺小。星星和萤火虫，我祝福你们，谢谢你们的光之礼物。

26

我羞惭地请求，请求劳动给我厚硬的茧，我用眼泪清洗我的灵魂。我以清新的心灵与有力的双手负起沉重的轭，我迎着朝阳向大山攀登。风暴来时，我只揉揉眼睛，千山万水陪伴我的旅程。我的渴望涌泉似的喷射，我的灵魂高喊。

27

黄昏时分，我来到泉水边树木环绕的绿草场上欣赏人们跳舞。轻盈婀娜的少女，英气勃勃的小伙，多么令人羡慕。我已老了，我的脚踝已不柔韧，我的耳朵分不清音律，我沿柏树下玫瑰盛开的小径离去。

28

太阳下山，草场润湿，林间一阵阵凉意。跳舞结束，少女少男们从我眼前离去。黄昏已经到来，黄昏已经来到了吗？这个美好的世界非要沉入黑暗的睡梦中吗？

29

何处飘来香气，安慰心灵、激动泪泉的香气？生命与青春充满着希望，坐在坟茔黄色的废丘上。向晚的风大起来了，孤独的聆风者战栗了。这树上的金苹果，何时为我落下？

30

我的杯子盈溢醇酒，一团火焰在胸中燃烧。洪河上倒影抖落了多少夜晚的黄金？那秀丽的长辫在风中飘！悠扬的歌声来自哪里？月光下谁在舞蹈？注目杯中美酒，酒之精灵爆发一阵大笑。

31

洪河在桥下扬波，我们的爱情值得追忆么？往日的痛苦已经淡薄，记忆里全是过去的欢乐。黑夜降临，钟声吟诵，时光消逝，一如水波。挥一挥手，擦去眼泪，我已以一百二十码的速度离去。

32

你的眼湖深邃，我的心沉溺。湖水疯癫，我的心被击溃。这泪波荡漾，一如忧郁的湖水。

33

我赠你的野菊，早已枯萎了吧？一个又一个秋天过去了，我仍铭记。当年走过的小桥，绿苔肆意疯长。今日又重阳，你在哪里？

34

一百年一千年，谁能诉说尽这瞬间的永恒？昔日我俩轻握，在明丽的秋晨。秋晨在洪河东岸，东岸在古蔡大地，古蔡在豫南风烟氤氲之所，豫南在地球，而地球，是宇宙中的一颗星。这秋的美，让人落泪。

35

多病的秋天受人膜拜，菊花园里吹起狂风。第一片雪花飘来时，诗人痴痴呆呆。啊，可怜的秋天！

36

这秋雨淅淅沥沥，回忆已经逝去。我一生中奇妙的际遇，像在秋雨迷离。谁也在窗边听雨？青藤遮掩谁的面容？谁的裙影飘动？风中传来谁的旧曲？细丝缕缕，将心萦系。离愁弥漫，不留缝隙。

37

在这个秋日的清晨，你抬眼四望：秋的蓝色眼线，在短暂无梦的午后，试图完成某种救赎。冬天快来了，你在林中伐木制炭。而寒冰已经登场，红色蚁族淹没了你的呐喊，巢穴赫然膨胀。你的炭还未燃着，暴雪已控制了一切。你脚步蹒跚，四处奔走。这个世界上有谁能听得懂你的喃喃自语？

38

独立小桥风满袖，星星在眨眼。透过如许风烟，我也看见你的眼睛。四面八方的秋风在吹，天地间我独自沉思。当年不知分离的什么滋味，现在叵耐每天的日落黄昏。夜幕降临时我开始垂泪，回忆中的爱情使人恢复青春。夜漫漫地流淌，我的脚步有多么沉重。

39

理智在头底下，青天在头顶上。铠甲在周身，女神在心里。我莫大的苦痛，形成致命的伤痕。我狂热的悲哀，远超越任何人隐藏的不幸。负着这炽热的创痛，萤火虫还在闪着燃烧自身的光。思念仍在心中闪烁振荡，百合花还蕴藏着旧时的芬芳。

40

那里的人们，个个惊慌，恐惧就飘散在这空气之中，所有的挣扎都无济于事。一声枪响，一只白鸽落地。只有云朵安逸，乌托邦在黄昏镶上赞美诗。诗人已老，酒已淡了，舌头已打结，耳听得琴弦也已快断了吧？

41

在遥远的荒园的边缘，不识名的野兽在哀鸣。果实因无人采摘而坠落，只有这秋风伴着这秋树。故乡一天天荒芜，青壮的游子渐行渐远。在这个秋天我重返故乡，能打捞往日的记忆吗？

42

你巨大头颅里有多少诗性，便有多少痛苦。诗性和痛苦都是无形的，只有你揪出它们尾巴，让世人听到它的吼声。疼痛令人富有，恍惚之神简单地自我问询。为了抵御即将到来的严寒，你拉起童年一起潜逃。晨雾正浓，山林里渐渐消逝了你的足音。

43

一棵棵树站在秋风里，倾听的耳朵茫然无助，命运正击溃清澈的眼神。别再问候了，时间很紧，死之书已付快递。最神秘的事物都藏着自己的神性。你把祝福送给凡俗的人们，只留自己向着初秋的苍穹沉思。

44

你有两个国度，一个国度大地坚实，谷物丰收；另一个国度诡谲多变，满目疮痍。噩梦还未醒来，清晨无力抗拒。你闭上眼睛，在室内越绕越急。你其实想生利爪，徒劳地向空中抓去。哎，还是拿出一个空心的杯子吧，向里注满怜悯。一夜未睡，此刻打开窗子吧，看看这个悲苦的人间，并瞑目遐想另一个国度的天光云影。

45

你在空中酣眠，徜徉在童年的河沟边。乡村倒悬着南国的树梢，花香鸟语轻敲你的耳膜。一曲哀歌响起，飞机开始颠簸。外面的云丝急剧变幻，之后向大地俯冲。阳光安慰早醒者，回眸今天的路途。

46

啊，我的故乡，洪河东岸的故乡，我是多么爱你！我已踏遍往日的记忆，包括林木、炊烟，还有母亲的呼唤。

47

你的脑海里有着对那个时代的记忆：荒芜，杂乱，充满恐慌；高音喇叭、京腔、红头文件；墙上红色飞动，书单上有波浪的阴影。人渣被大规模复制，恶狗在狂吠。

48

伟人死之后会有洪水吗？凡事最好不要信口开河。唯有你看见环形山下竖起大颗的星辰，唯有你看到光明无碍朗照空中的飞鼠。人人都在迷人的音乐中起舞，你为何泪眼婆娑，惶急地奔走，并发出奇怪的呐喊？

49

你从石头和树皮上取字，你在山涧照见天使之城，你隐秘的工作促使人们思考。各种主义在剥离人们的外衣，现出原始的野蛮的血腥。每个灵魂都惶然无助，四处奔突，再勇敢也无力逃脱这命。有人已觉察车轨通往错的方向，但既无法修改方向，也无法跳下火车。跟着走吧，慢慢被驯化，四肢僵硬，微笑时不慎露出犀利的牙齿。孤独啊，只因你心里充满着没有指向的爱。

50

你痴爱着一个词，因此你恨着一个人。你深怀乡愁，对幼时的溺水耿耿于怀，却向往村外的雨林。你疯狂地卷着历史书卷，踉踉跄跄四处追寻。你瞻望日月山川，调整着自己的呼吸，在嘶哑的喉咙呼唤破晓。你在空气中传诵美丽文辞的馨香，用从小就熟悉的草木声音。你的话语细如游丝，喃喃私语。你把流血当成生活，用灰烬证明真理。

51

这个尘世多为胆小鬼，狡猾的目光在威逼与谄媚之间变幻。没有篝火与烈酒，如何点燃这黄昏的热情？失去了幻想，天将倾尽云雨。唯有你在秋天醒悟人生何为，并为冬天准备粮草与侥幸。你的哭泣从未发出声音，徒劳地把漫长的岁月烧成灰烬。你高吟着自己的诗篇，却被漫天的风吹散。你叵耐俗人的喋喋不休，这样你无法入睡。只有睡后才会做梦呀，梦中才能骄傲而不受讥笑。你小心翼翼地保留着你的骄傲，从黑暗深处找寻历史的出口。夜间的功课缘于你的渴恋，你缓缓起身抖一抖看不见的羽毛。

52

清晨醒来，你就开始蔑视每一个人。这件事使你感到悲伤，你无望地试图重拾睡眠，仿佛又梦到久远的火车站，你与父亲在拾荒。鹰隼犀利俯冲而至，逼着你的眼，只说出三个字："不能退"。

53

你是谁，你从哪儿来，你到哪儿去？门卫大哥啊，你的问题恕我难以回答。我曾问过吹过的风儿，风儿没有回答，它只让叶荫叶落。我曾问过流动的山涧，溪流没有回答，它只发出无解的涛声。我曾问过满天的星斗，星斗没有回答，它们只把我的目光引向墨黑的苍穹。

54

你的形体寻常，与灵魂不像来自一处。你在意念中问询过许多真理，你在睡梦中寻访过许多地方。

55

你打开城郭，聊聊天气，殷勤地为人们把雨伞打开。你辨认衰老的门上刻字，你聆听灵魂耳中的暗语。你的双唇濡湿了自己的先知，你低下头，仿佛羞赧，仿佛傲慢。

56

沉溺哀凄，默然于心里收藏的罪。你的耳朵连接起羞怯与崇敬，你独自对着一条大江低语。你无法把声音传送到集市，你叫不醒装睡的人。你想的那些大的问题，人人装着不懂，笑不露齿。

57

你与你的影子同行，秋风已将你身体的阴影剥离。你徒然用一把木槌复习手的技艺，你的勇猛总被囿于更凶猛的大力。谁的眼，谁的泪，被谁扔来的绳索吓退？也许你终生攀缘的，只是乌有之乡的城门。不如睡去，南方的梦游者，整整一夜的灰烬掩上你的嘴。不宜在白昼瞻望苍穹。你能看见什么？漫天的秋意，落叶飘零。

58

秋已深了，秋虫最后的叫声变得热烈。从童年你就喜爱暗自垂泪，你的沉默只有秋虫理会，等待它的寒冷有多冷？谁敢不垂下高贵的头颅。赞美诗是身体的改写，你试图饶舌来治愈世人的病症。沉默之师从北方袭来，你只击盆而歌。你要放开手脚生儿育女吗？你开足马力在国土奔跑。你试图用一枚指甲重建一个城邦，你研究穿裤子的趣味。

59

花朵枯萎了又会抽出新的枝叶，山毛榉叶因为少了树的血液而呈现银色。我的双唇也是银白，不是因为缺少血液，而是因为缺乏你的亲吻。

60

你的故事是堂皇悲剧，你揭去了国王的面具。这个世界哪有详情细事？一切都是冒险戏或是魔幻剧。一切的一切都会过去，一代一代人都会转过身子。一切记忆都只是雪泥鸿爪，一切声响都会在风中消逝。

61

蔚蓝的烟跃起，盘旋的云未去，鸟儿却消失在天际。你的爱情向我跃来，为何出现了又逝去？

62

轻薄的雾霭间，落日只剩下一抹依稀的红，玫瑰黄的月亮出现在苍白的天空中，枝头鸟儿的欢唱渐渐静止。你来吗？已是向晚时分，我也快站成化石了。

63

你终于对这个衰老的世界感到厌倦，你与一件又一件古董待在一起的时间太久了。室内的空气停滞沉闷，太熟悉的物什让人疲劳。走出去！越走越快，不觉奔跑，不觉飞翔。身旁白鸽清新，鹰隼豪放。

64

何处乐声？我听得清晰的凹槽，冰冷的狂想，悲伤的音符。它刚循着风来，又顺着风走，但忧伤已洒满花前月下，我无法当它从未来过。

65

当玫瑰花园里吹起狂风，当果园里飘着雪花，当一个人无法向另一个人说话，你就该死去了。你的死亡迎来了茫茫的白，只在天空深处巨鹰翱翔送行。从此这个世界再无矮小而天真的水神，从此大路相逢不再罗曼蒂克。群鹿在遥远的森林的边缘哀鸣，我是多么爱你那声音。

66

静静伫立在暮色中，静静沐浴着晚风。合欢的叶子颤抖，莫不是惧怕刚刚出现在天际的星星？向晚的风渐渐大了，衣袂翻飞，整个世界都在颤动。

67

红色的鹿群跃过高高的山顶，最后一只鹿越过了最后一棵白桦树。于是我的欲望和它们一起远去了。

68

风儿吹落了花朵呵，即刻又为雨水绽开。我的心也为泪水绽开了，一直等到你回来。

69

印度的蓝孔雀在原始森林里过完一生，太平洋的小丑鱼在深海里生老病死。我没有经历过你的火火红红，你也没欣赏过我的皓月当空。我敬佩每一个在疲惫生活中怀着英雄梦想的人。只要一路追寻梦想，从来没缴械投降。风尘仆仆，一脸沧桑。铁骨铮铮，波澜壮阔。那些白发和皱纹，是你和生活激战后的勋章。

70

春日的大地，草木萌芽。黎明的东方，朝霞漫天。大海和天空拥抱，恢宏的音乐响彻周天。伫立的诗人久久眺望着远方，喜悦和悲伤盈满他的心胸中，就像春天的花儿含苞待放。

71

危峰独立，俯瞰尘世。一堆乌云遮住了远处的海面，通向天涯海角的静静的河道。在阴云密布的天空之下流淌，像是通向无尽黑暗的最深处。

72

年轻的人们跳起舞，唱起歌，手风琴激动得升高了音阶。头顶上是一片碧空，碧空里熠熠群星，群星映在水里，太平洋烟波渺茫，浩瀚无垠。

73

黄昏转瞬即逝，黑夜从天空降临。广阔的土地袒露着结实的胸膛，那是大地无声的召唤。就像母亲召唤着她们的儿女，土地召唤着黑夜来临。

74

我看到春雨淋洗绿枝，雏鸟在初晴之时振翅学飞。我看到夏日庄稼拔节，荷塘里蜻蜓寻香而来。我看到黄昏的秋风追赶着落叶，入夜后它又吹起诗人的衣袂。我看到冬日里红艳的窗花，雪水流过窗前的沟渠。

75

我赞美人间，用蜜蜂鸣唱的轻歌，用蝴蝶盘旋的舞蹈，用花朵绽放的诗篇。

76

我听到狂暴的天风，我听到汹涌的海潮。那天风如虎豹裂肝碎胆般吼叫，那海潮像雷电捶天击地般闪鸣。

不如归去，不如入梦。那故乡的梦里有：青蛙的合唱，蜜蜂的齐鸣，城市的尘音，生活的潮波。还有：梅枝上的喜鹊惊喜地迎来清早，村落外的寒鸦凄凉地送别黄昏。

77

我信步在百里香和野菊的草间。蟋蟀抖动着琴弦欢迎我，云雀鸣叫着旋转着直到云间，茅草和芦苇因相思而白了头。我把全部的希望融进花香，躺下，合上双眼，这个世界已经与我无关。

78

我要走遍世界，伴我的是一辆老旧的吉普。我走过沙漠、森林的偏僻的角落。太阳烘烤着地球，就像烤炉烧烤一块面包。吉普的四轮像图章印遍大地，世界融进了我的生命，我也把我的生命交给了世界。月光下，我搭起车顶帐篷。晚风中我吹响孤独的风笛，与这方天地应和，与这遥远的玉宇合唱。

79

无名的小花星星点点，像遗失的珠链散在路边。它没有紫薇妩媚的身姿，也没有海棠靓丽的容颜。那细细的叶和纤纤的花，把淡雅的芳香融入美好的春天。我的诗也像无名的小花，随着春风化雨，悄然飘散在寂寞的人间……

80

月亮，是天宇中的宫殿吧，朱阁绮户，高处不胜寒。星群，是照亮天路的灯烛吧，列阵前导，光明铺径。哎，只差列子相邀，夏夜风至，冯虚御风，羽化登仙。

跋：竹香入酒赋新诗

生命如此令人惊诧！清晨第一缕阳光照耀这个我们生于斯、长于斯亦终将逝于斯的星球，松涛低吟，柳丝婆娑，虫鸣蛙鼓，兔走隼落；带露牡丹娇艳欲滴，含愁丁香惹人垂怜。所有的生命各依其序而又驰突奔竞，万千生灵应节而舞，界、门、纲、目、科、属、种在大化运行中如此和谐。整个世界明晰美丽，流畅丰富，生机勃勃。所有的生命都在呐喊，所有的生命都在歌唱！生命，让人不由去关注和研究，并从中获得和谐的心境和充盈的生命力。

在所有的生命中，人的生命是那抹最动人的色彩，是那缕最耀眼的光芒。人是万物之灵长。正是因为有了人生命的观照，才使这个世界更加缤纷多彩，才使同一轮明月照耀下的古人今人对时光流逝、人生短暂发出同样动人心旌的声声喟叹。

人的生命价值是这个世界上至高无上的价值。人的生命价值是价值问题的核心，是对人生命的深度追问和终极关怀。在一些文化语境里，只有人具有"神"性、"佛"性；而"上帝死了"之后，人更理所当然地成了这个世界的真正主人。

我有时试着想象自己摆脱自身，负手立于太空的某一角落，俯瞰这个蓝色星球的芸芸众生，欣赏那冷色的、意味深长的运动着的美，观察那生和死川流不息的合而分、分而合，遥看生命的嬗变升腾、变迁不居，指点那关乎生命的激动人心的价值求索激荡起的绚丽浪花。

人的生命价值应然如何？也许没有人能给出确切的答案，

我们都正走在“朝圣”的路上。这正是人生中最动人的地方。我深信：一切科学、哲学、信仰的东西，都由同一个共同的源泉哺育——对于未知事物的憧憬和心泉聆听的返回。我并不相信迷信意义上的灵魂不朽和具象化的万能上帝，也无法准确说出人的生命价值到底是什么，但我相信人生命价值的不朽和精神生命的永恒。于是，对于横倒斜歪在通向生命价值求索之途上的障碍物，我试图通过科学真理和生活经验的总括来清理；而对于远在前方的生命价值之鹄的，我试图通过哲学的沉思、审美的愉悦、灵性的震颤、信仰的笃定来触摸，试图以此走向一个明晰而和谐的思想世界。

在我们之前，一代代哲人接踵而来，送给我们思想的种子；我也努力摸索着去打开一扇又一扇通向生命价值的追寻之门，踏上幽暗魅惑、曲折连环的林间小径。我高擎生命中全部真善美圣凝聚而成的“阿拉丁神灯”，勇敢地做世人寻找生命幸福的向导。

作为一位起步较晚的生命教育学者（学者在此指的是“学习者”），我近年来从生存哲学、教育哲学、课堂教学、诗学等不同维度先后切入生命教育研究，叩问生命的价值和意义，溯源教育真蕴，寻求实践路径。在研究过程中，我感觉有些内容适合写成岩崖耸峙的高台讲章，于是我撰写《生命价值论》《审美生存论》《生命教育学》《生命课堂论》《生命教育诗学》等数十部著作；有些内容适合写成规范严整的学理短章，于是我在

《教育研究》《课程·教材·教法》《中国教育学刊》等期刊上发表了数十篇论文。但还有些内容似乎更像是生命教育研究过程中的吉光片羽，是“林间路”上散落的珍珠，是掩卷远望时的灵感造访。我习惯于把这些想法也写下来，有时写在一片纸上，有时写在胳膊、腿上，有时狠狠地在脑子里“过几遍电影”，一如李贺之故事，之后尽可能及时敲进电脑。这样的文字，我称之为“生命诗语”，并分别形成“生命诗语 2005 年卷”“生命诗语 2006 年卷”直至“生命诗语 2019 年卷”。2005 年我开始使用个人电脑，近年更是笔记本电脑不离身，这些“诗语”因此得以记录下来，积年竟逾百万字；而 2005 年以前的“诗语”，数量还真是不少，但已全部散失。

生命诗语的发表和出版，原来一直没有提上日程。2018 年 7 月我打篮球受伤，养伤时在根据生命诗语整理三部诗集，随后在教育科学出版社出版，分别是《有所思》《白衣醉》《马蹄错》，合起来组成《生命教育诗语》系列。中国教育学会名誉会长、北京师范大学资深教授顾明远先生和中国陶行知研究会会长、北京师范大学教授朱小蔓院士奖掖后学，视诗语为生命教育研究的重要成果，饱含深情地为我的系列诗语写下了两篇序文及推介语。顾先生是我的亲导师，朱先生是我的虽无导师之名但有导师之实的老师。河南大学年终绩效考核时，也视《生命教育诗语》为重要学术成果。我深为感动，深受鼓舞。检点积年所作，发现已出版的这三卷只是积年诗语之十一。2019 年早春我再次打蓝球受伤，这次是跟腱断裂，伤情较重，那学期的课被迫请同学们退选了，病床临窗，正可从长计议撰文著书。于是，我闭门谢客（我未"双肩挑"，本来就门前冷落，所以谢客并无难度），集中整理生命诗语四组共十二卷，为了与已出版的《生命教育诗语》稍相区别，我将新书命名为《生命教育私语》《生命教育丝语》《生命教育释语》《生命教育思语》。这十二卷全都是以诗文的形式表达生命教育的学术致思。卷目为：

1. 生命教育诗语 卷一 有所思（小诗集）
2. 生命教育诗语 卷二 白衣醉（小诗集）
3. 生命教育诗语 卷三 马蹄错（歌词集）
4. 生命教育丝语 卷一 聆听（散文诗集）
5. 生命教育丝语 卷二 对话（散文诗集）
6. 生命教育丝语 卷三 同行（散文诗集）
7. 生命教育思语 卷一 门卫三问宜深思（哲学卷）
8. 生命教育思语 卷二 大象无形课堂里（教育卷）
9. 生命教育思语 卷三 书生报国一支笔（生活卷）
10. 生命教育释语 卷一 山居
11. 生命教育释语 卷二 田园
12. 生命教育释语 卷三 江南
13. 生命教育私语 卷一 吉光片羽圆旧梦（小诗集）
14. 生命教育私语 卷二 林间自是少人行（学术随笔集）
15. 生命教育私语 卷三 多少楼台烟雨中（生活随笔集）

我平日的工作和爱好没有严格的界线，工作即爱好，爱好即工作。我北京师范大学博士后导师顾明远先生说，教育的本质是生命教育；我华中师范大学博士后导师及高访合作导师周洪宇先生说，生活·实践教育是教育的真蕴。据学生浅见，无论是顾先生团队起草并纳入《国家中长期教育改革和发展规划纲要（2010－2020年）》的"生命教育"，还是周先生沿夸美纽斯、斯宾塞、卢梭、杜威、陶行知一路走来提出的"生活·实践教育学"，还是华东师范大学叶澜先生及其高足李政涛等提出的"生命·实践教育"，南京师范大学朱小蔓先生提出的"生命–情感教育"，均直指人的"life"。"北顾、中周、东叶、南朱"以及朱永新、刘济良、冯建军、刘铁芳、王鉴、刘慧、张文质、肖川诸君子的相关研究，异曲同工，殊途同归，各臻其美、美美相应。这构成中国教育跃升的强大动力。而我理解广义的"life education"其实也包括诗意栖居——我平时受邀讲学最常被点将的题目正是"诗意栖居于教育生活"。个人浅见，诗意栖居应成为生命教育的寻常生活贯彻，生命诗语应成为生命教育的重要表达方式，登临送目、诗书吟啸、酱醋琴棋、饮啄笑傲，无一事不关联生命教育，无一处不寄寓生命情怀。

无论"诗语""思语""丝语"还是"释语""私语"，都是从我每天写作的"生命诗语"中辑录出来的，都是我对生命教育的真情实感之表达。其中《生命教育诗语》三卷之《有所思》《白衣醉》《马蹄错》书名由导师顾先生亲自题写。先生书风入于颜平原之浑厚博大、字势开阔，出乎唐六如之妍美流畅、气韵天成。铁画银钩，人书俱老，瞻之令人肃然起敬。另外十二卷一并付梓，新体诗文各卷由书法家冯明威老师题写，格律诗词各卷由书法家韩云老师题写。冯老师行书平和雍容、冲虚散淡，韩老师隶书古朴凝重、清雅俊逸，二君子书法均落笔有绪，灵气扑面，妙笔生华，令人好生喜欢。

我学习格律诗词有年，习作近万首（阕），虑及格与律诸般要求，故少有格律诗词发表、出版。自2009年至今，指导我格律诗词学习和创作的老师有三位：第一位是台北的吕慧薇，网名婵娟；第二位是福建的罗增富，网名三少爷的微笑；第三位是上海的王轶君，网名雅典娜。在《生命教育诗语》跋中，我误将吕老师的名字写成了李慧薇，在此纠正并向吕老师致歉。吕老师的台式"国语"燕语莺声，动听而难辨，我竟未听出吕、李之别。他仨比我年龄小很多，但在格律诗词及楹联方面皆是奇才，堪为吾师。"吾师道也，夫庸知其年之先后生于吾乎？"三位老师本来只教我格律诗词和楹联创作，但这次除对我创作的格律诗词联推敲斟酌之外，还对我以白话表达的诗语倾情倾力予以雅正，常常焚膏继晷，以至于衣带渐宽。

十五卷诗语插图数百幅。这些插图有的来自我求学和奉职的单位——信阳师范学院（学士）、河南大学（硕士、博士后及奉职）、北京交通大学（博士）、北京师范大学（博士及博士后研究）、华中师范大学（博士后及高访）、洛阳师范学院（河洛

学者特聘教授）；有的来自文朋诗侣旅友所赐摄影作品，其中，北京汉服公司“如梦霓裳”（创始人为我的词友月怀玉）和郑州“最美瑜伽庄园”（创始人为我的瑜伽师父韩雨欣）提供了很多精美的图片；还有一些图片是我家的积年照片。

更应感谢此刻阅读本书的您。我研究生命教育，深知对于一名学者而言，读者就是他的上帝，对读者我从心眼里尊崇和感恩。一桌饭菜好不好吃，美食家的评判固然也重要，但更重要的还是食客的意见。对于“上帝”怎可轻忽？生命诗语撰稿之时，指尖流水，文思泉涌，在思想的王国里淋漓醉墨、纵横恣肆；整理成书之际，却是战战兢兢地反复推敲，大改者九，小改者百，只恐谬种流传，贻笑大方。初始临窗整理诗卷之时，飞雪弥空、琼瑶满地，此日徘徊小径，竟已榴红照眼、枇杷果熟，时光匆匆，太匆匆！

书稿既成，振袂长啸。是时斋外有庭，庭中有竹，竹边石几一条，几上清酒一觥，竹香入酒，诗意盎盎。灵犀相通的朋友啊，不知您此刻身在何方？您若与我同代，请莅临寒斋把酒言欢，可好？您若千百年后才在故纸堆中偶遇此卷，则我已成古人。穿过岁月风烟，字里行间还觉心跳滚烫吗？石上酒杯仍留竹香如许吗？

2019年6月1日

王定功“生命诗语”系列

生命教育诗语

◎ 有所思

◎ 白衣醉

◎ 马蹄错

生命教育丝语

◎ 聆听

◎ 对话

◎ 同行

生命教育思语

◎ 门卫三问宜深思

◎ 大象无形课堂里

◎ 书生报国一支笔

生命教育释语

◎ 山居

◎ 田园

◎ 江南

生命教育私语

◎ 吉光片羽圆旧梦

◎ 林间自是少人行

◎ 多少楼台烟雨中

教育的本质是生命教育

丙申初冬　顾明远书

国家社科基金（教育学）一般项目
“生命教育学学科建构研究”（BAA140017）

對話

生命教育丝语

王定功 著

科学出版社
北京

图书在版编目（CIP）数据

生命教育丝语. 对话 / 王定功著. 一北京：科学出版社，2019.8
ISBN 978-7-03-062226-6
Ⅰ.①生… Ⅱ.①王… Ⅲ.① 诗集-中国-当代 Ⅳ.①I227
中国版本图书馆CIP数据核字（2019）第188310号

责任编辑：付 艳 / 责任校对：王晓茜
责任印制：徐晓晨 / 封面设计：铭轩堂
编辑部电话：010-64033934
E-mail：edu_psy@mail.sciencep.com

科学出版社 出版
北京东黄城根北街 16 号
邮政编码：100717
http://www.sciencep.com
北京虎彩文化传播有限公司印刷
科学出版社发行 各地新华书店经销
*
2019 年 8 月第 一 版 开本：720×1000 B5
2021 年 1 月第二次印刷 印张：10
字数：110 000

定价：168.00 元（全三册）
（如有印装质量问题，我社负责调换）

序一：人生如诗

我不是诗人，也很少写诗文，但觉得人生如诗，人总是生活在诗境中。诗是人的心声，是时代的心声，更是民族的心声。可以说，一个民族没有自己的诗歌，这个民族就不复存在。我们每一个人都离不开民族的情怀、时代的气氛，都会有个人的悲欢离合。一般人只能用表情、语言、行为来表达。诗人能够把这些情怀、气氛、悲欢离合用诗歌的形式表达出来。

教育其实也是一首诗。教育的本质就是提高人的生命质量和生命价值。提高生命质量是使人的生命更精彩；提高生命价值是使人能为所有生命做贡献。“为天地立心，为生民立命，为往圣继绝学，为万世开太平”，就是生命的价值。教育就是生命发展成长的诗。

王定功提倡生命教育，不仅著有理论著作、实验教材，还用诗语来抒发他对生命教育的情怀。实在难能可贵。我不懂诗，应他要求，我为这三册书写几句话，是为序。

北京师范大学英东楼

（顾明远，中国教育学会名誉会长、国家教育咨询委员会委员、北京师范大学资深教授）

序二：生命教育的诗意言说

广义的生命教育的源头，可以追溯到孔子和苏格拉底的时代，千载绵延，代代损益，薪尽火传，生生不息。孔门弦歌施教，“浴乎沂，风乎舞雩，咏而归”描绘的不正是生命教育的唯美情景吗？苏格拉底一袭敝袍赤脚站在雅典街头用“助产术”指导雅典青年，柏拉图降尊纡贵追随寒门老师，亚里士多德与逍遥学派师生漫步苹果园纵论天下大事，不也正是生命在场的教育故事吗？一定意义上说，一部中西方教育史不过是生命教育与非生命教育在不同时空的对垒、演变与抗衡。在我们看来，不断健全完善的生命教育才是真正的教育。

现代意义上的生命教育大致始于20世纪初，美国哲学家、教育家杜威教授提出了系统的实用主义理论，其中“从做中学”的系列观点就包含着杜威的“生命整体存在论”、“经验方法”及“探求逻辑”等诸多关乎教育当事人生命发展的观点。陶行知先生是中国现代意义上的生命教育研究和实践的首倡者。20世纪初，陶先生师从杜威教授，1917年学成归国，在国内首倡“life education”，直到1946年辞世，他将全部精力投入其中。但出于种种考虑，先生当时并未将其翻译成“生命教育”，而是翻译成“生活教育”，他的思想也被后来的研究者们概括为“生活教育理论”。其实，无论“生命”还是“生活”，在英文语境里大致都表述为“life”，在汉语中“生活”也无异于“生命”的展开过程，从来也没有外在于“生活”的“生命”。深味陶先生生活教育理论，其间所包含的生存教育、健康教育、养生教

育、社会责任教育、完满人格教育、终生教育等思想，无不折射着生命教育的理论光辉。杜威教授提出“学校即社会”，试图吸收社会的所有方面并将其融入一所小小的学校；陶先生提出“社会即学校”，寻求的是将学校的所有方面延伸到大千世界。杜威教授提出“教育即生活”，主张“做中学”；陶先生提出“生活即教育”，主张“教学做合一”。陶先生提倡教师“千教万教教人学真”，提倡学生“千学万学学做真人”，直接触摸到师生生命发展的脉搏。在《从烧煤炉谈到教育》一文中，陶先生满怀深情地写道：“教育的使命是什么？不是放茅草火！不是灭茅草火！是要依着烧煤的过程点着生命之火焰，放出生命之光明。中国教育的使命，是要依着烧煤的过程点着中华民族之火焰，放出中华民族生命之光明。”

20世纪末21世纪初，生命教育在我国渐渐热了起来。生命教育本应有许多切入维度，也可有不同称谓，但其思想主旨相同或相近。国外如此，国内亦如此。我看重并倡导的生命教育突出了情感教育这一方面，1990年起不断强调情绪情感是生命的基本表征，是生命的重要机制以及一个人生命素质的“内质性”保障。我以此为学术基础和教育理念，分别在供职南京师范大学、原中央教育科学研究所以及担任中国陶行知研究会会长期间，以很大的热情推动生命教育的研究、实验与普及（包括宽泛和专指意义的）。我的第一位博士生刘次林1997年撰写“幸福教育论”，我的另一名博士生刘慧2000年撰写“生命德育

论”，后来不断有博士生的论文选题都与“情感—生命”的基本概念、命题相关。与此同时，叶澜先生提出“让课堂充满生命的活力”，创立了“生命•实践”教育学派，与她团队的李政涛、李家成、卜玉华等学者把生命教育研究与中小学教学实践做了很好的对接。朱永新先生提出“新教育”，主张“聆听窗外的声音”，推动构建书香校园。周洪宇先生发起“阳光教育”实验，生活•实践教育学派与生活•实践教育学学科呼之欲出。刘济良试图构建“生命教育论”的理论体系，刘志军、王北生、李桂荣的研究指向生命教育的视域扩展和校园关涉。张文质、冯建军、石中英、黄克剑等提出“生命化教育”。王鉴、夏晋祥等提出构建生命课堂的思想。刘铁芳、肖川、郑晓江、欧阳康、何仁富、汪丽华、赵丹妮、袁卫星以及港台地区的孙效智、纪洁芳、钮则诚、林绮云、吴庶深、张淑美、郑汉文、汤锦波、何荣汉等学者也从不同维度对生命教育进行了深刻的研究，提出了一系列有价值的思想。

中华大地，藏龙卧虎；十步之内，必有芳草。各地学者和一线教师对生命教育的研究和实验风起云涌，怒涛排壑；千帆竞发，百舸争流。这一切必将载入中国生命教育的发展史册。顾明远先生提出“教育的本质是生命教育”。教育的变革和发展永无止境，对生命教育的探索和践履也永不停歇。

生命教育的研究和表述可以有也应该有多种维度。王定功博士试图从诗学的角度切入生命教育，以诗歌的语言对生命教

育进行表达，这是一件十分值得鼓励的事情。

王定功博士是我国生命教育研究团队中的一名重要学者。他是著名教育家顾明远先生指导的博士后，我愿意视他为同侪和知音。在首都师范大学儿童道德与生命教育研究中心成立大会上，我与定功博士首次相遇，那天我做了一个关于陶行知生命教育思想的演讲。而首都师大新成立的这个中心，其主任是由我指导的博士生刘慧担任的，当时她已是初等教育学院的副院长、教授、博士生导师。午餐时定功博士与我相邻而坐。那段时间我的健康状况不是很好，定功博士不知怎么就看出来了，他关切地建议我“枫红荻白，云肥风瘦，正是中秋时节，建议先生出去走走，比闷在家里的好”。他穿着虽稍稍寒素，但谦和温文、儒雅脱俗，简直像是从唐宋穿越而来！

我慢慢了解到，王定功博士是一名厚积薄发、大器晚成的学者。他曾做过16年的中小学教师、教育行政官员。2007年，他赴北京师范大学教育学部教育学原理博士课程班学习；2008年，他考入北京交通大学人文学院，师从哲学家路日亮教授攻读博士学位；2011年，他又进入了北京师范大学教育学部博士后流动站，师从著名教育家顾明远先生从事博士后研究。近几年，定功博士十分专注地进行生命教育的研究和教学，先后从不同维度向生命教育“包抄”过去，对生命教育的源与流、理论与实践都“弄弄清楚”（顾明远先生语），为中国内地方兴未艾的生命教育提供助力。

王定功博士于2011年在上海交通大学出版社出版专著《青少年生命教育国际观察》，这部书被《中国教育报》评为"2011年影响中国教师的100本图书"之一；2012年在上海交通大学出版社出版专著《青少年道德教育国际观察》，这部书使作者进入"上海交通大学出版社建社30周年作者墙"；2013年在教育科学出版社出版专著《生命价值论》，这部书被评为河南省2014年教育科学研究优秀成果奖特等奖和2016年第五届全国教育科学研究优秀成果奖三等奖。他独著及担任第一作者的著作、教材已见书34部，包括此次积十数年功力整理推出的《生命教育诗语》《生命教育丝语》《生命教育思语》《生命教育私语》《生命教育释语》共十余部。按这样趋势看，著述等身于定功而言并非夸张。这些著作是一脉相承的，即分别从生存哲学、教育哲学、课堂教学、诗学等不同维度切入生命教育，体现出一名睿智学者的学术自觉。

王定功博士在学术上具有多方面的兴趣和成就。最难得的是，在生活中他洁身自好，对真、善、美、圣有着虔诚的信仰和坚定的追求，不啻"浊世佳公子，翩翩一书生"。尤其是他在科研合作中低调从容，"重言勿泄，少任敢专"，"重情重义，生死相许"（台湾同行纪洁芳教授语）。江西师范大学生命教育研究专家郑晓江教授辞世，定功独坐书窗三天不食不语，那段时间他的QQ签名也换成了"愿我的死，换他的生"。而他俩见面不过三次而已！

承蒙不弃，定功将“生命诗语”各个系列均送我审读。由于健康的原因，我时断时续地阅读，读得不多，但越读越喜欢。“生命诗语”以一种生命共同体的视角直面“天地人神四方共舞”的世界，歌咏自然万物，赞美成长着的事物，吟唱人间的美好情感，探问生死哲思理路，展示书生报国情怀，褒扬真善美圣，表达生命教育的学术致思。若用一句话评价“生命诗语”，那就是：天地人心的深情探问，生命教育的诗意言说。

其实，生命教育关乎每一个人，每一个人都在用自己的方式践行生命教育，发出生命诗语。我本人自1986年进入道德情感、情感教育研究之后，便对情感与道德、情感与生命的关系越来越敏感和在意。用情感——生命之“眼”去看教育、观道德教育、做教育研究竟成了我的个人学术偏好。回想自己从40岁起，就有不同的肿瘤疾患不断来袭，饱尝了大手术和化疗之苦。可以说，30年来如何对待生命，如何处理生命与工作的关系，一直是我个人真切的人生课题。生命之脆弱与生命之坚韧这相左相反、交相混合、反反复复的复杂情绪感受总是随着身体状况的起落变化，每每考验着自己最真实而无法逃避的生命态度。我似乎是懂得了生命实在值得珍惜，的确应当珍爱生命！可珍爱生命并不是惧怕死亡，也不一定真能做到不惧怕死亡。自觉的死亡教育在我们这里还是十分缺失的。癌症给人带来的不只是痛苦——尽管那痛苦常如剜心蚀骨，它还会让人零距离地直面生死大限，思考“生从何来，死向何去，我是谁”

的问题，思考如何把握生命每一天，把最值得做的事情做好，尽最大努力提高生命的质量（肉身的与精神的）。因此我特别感谢生命教育和现代医疗，前者给了我对生命的认知和勇气，后者给了我身体有效的疗救和保护。不久前，我又度过一次生命危机，现在出院了，重新走在阳光下，坐在书斋里，享受生活的馈赠。

恰逢此时，看到王定功博士奉献生命教育大作，捧读、吟哦“生命诗语”，是一件令人愉悦的事情。天地春回，鸟儿叩窗，丁香快要开放了吧？我从心底里感恩生命，感恩所有热心生命教育、给无数人们带来生命智慧和力量的人。

斯为序。

朱小蔓

南京师范大学随园

（朱小蔓，中国陶行知研究会会长、俄罗斯教育科学院外籍院士、北京师范大学教授，曾任南京师范大学副校长、原中央教育科学研究所所长兼党委书记）

目录

MULU

天籁轻吟，日月星辰起舞。世间的人儿呀，请打开窗子，让天外的风儿吹来。

——题记

天风集

1

天籁轻吟，日月星辰起舞。世间的人儿呀，请打开窗子，让天外的风儿吹来。

2

这个世界如此令人惊喜！晨光下花瓣上的露珠，无意间折射出神圣的秘密。千山和万水，在苍茫中渐渐显露永恒的真实。此岸与彼岸心桥飞架，精神与自然握手言和，梦幻与现实相看心通，众生与万物共享欢喜。

3

诗人啊，请歇息一下吧。那春流的潺潺，那夏虫的呢喃，那秋雁的唳鸣，那冬雪的缄默，比你的吟唱更为动听呢！

4

哲人呀，这回你相信了吧？春天的清晨，秋日的黄昏，人们惊讶于这清新、这斑斓，谁有暇听你絮絮叨叨的阐释呢？

5

学者，停下激烈的论辩吧。青山默默，深湖无言，四季循序更迭，玉宇斗转星移。

6

春水，你是大自然的眼泪，因着人儿愁苦，一世雨打风吹。繁星，你是大自然的眼睛，看破宇宙的晦暝，眺望光明的前程。

7

最古旧的，是这方蓝天。最清新的，也是这方蓝天。

8

躺在草地仰望天空，遥望那无边的蔚蓝，心中也有那一方苍穹啊，与外面的苍茫一样浩瀚。

9

风在飞扬，云在流动，山在开花，水在歌唱。而承载这一切的宇宙呢，只有默默包容罢了。

10

把笔儿扔了吧，眼前有景道不得。把口儿闭了吧，心中有情说不出。

11

亲爱的朋友，请停下你的口若悬河。让我们一起沉默，眺望日月的升沉，聆听潮汐的起落。

12

凝视一颗露珠，在凉意沁人的拂晓。它盈怀着苍穹所有的神秘，凡俗的我又怎能尽知？

13

幽谷的百合，今天我来拜访你，并告诉世人你的美丽。

14

对着这大千世界，无际的苍苍茫茫，我只有轻轻摇头，浅浅微笑吧。

15

银河系也不过是宇宙万千星系的一个不起眼的部分。狂人啊，安静下来吧，做回你自己。

16

溪水在深谷的涧里奔流，无人捉摸她的旋律。我且舞以拉丁的轻快，满心想赢得她的青睐。

17

林中的寂静，恰通过万籁表达。而千山之上的月儿啊，只保持永恒的缄默。

18

晚林深处的神秘，我只能倾听她轻柔的吟唱，却无法触及她幽深的灵魂。

19

高山下，大海前，我还能说什么呢？只有默想罢了，只有敬畏罢了，只有膜拜罢了。

20

霓虹灯，你演绎了天空的绮丽。明知你只说着虚无缥缈的故事，可为何我还是神为之夺，心为之往？

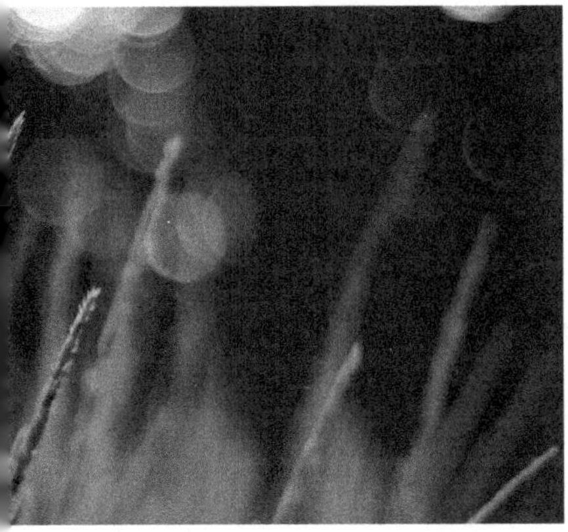

21

冷硬的地壳下，多少温存的暗流？沉默的外表里，多少炽热的情感？

22

黎明的清露啊，你是飞来凡间的天使。是你那撼人心魄的美，使我“皈依”了。

23

俯瞰中的千山万水，与沉思里的万水千山，都是一样的雄奇浪漫吗？

24

聆听自然的话语，不只用眼，不只用耳，更要用心。因为它最深刻的情丝，常藏于最深的幽明。

25

晚霞中的一点鸥影，在黑山之侧，在白水之上，完成了自然的画作。

26

夜风逆袭，衣袂飘飞。谁在危岩独倚，眺望尘世的灯火？雨丝风片，寂寞画船。我的朋友，向来诗中的江山，好过现实的江南啊！

27

注目一簇小花，震惊于寻日里风驰电掣时的愚蠢。脚步慢下来吧，让自己的生命与这一方诗的世界交融。

28

清纯如少女般圣洁的明月啊！你从开辟鸿蒙，经亿万斯年，见证了几许悲欢离合，包容了多少是非善恶。

29

寒塘，有鹤影掠过。唐宋的诗魂，遗落在这冷冷冷月之下，氤氲花香之中。

30

造物主，谁许你一支画笔？随手一挥，即有云朵绚烂，湖光明媚，小伙儿如山英挺，姑娘如花美丽。

31

天上，一湾银河。人间，一湖星辉。面对如此美丽天地，却为何，却为何，你又在风前落泪？

32

四野拉开无垠的大幕，风从天上邀来天籁的交响。光与影相互追逐，万千生灵应节而舞。天地如此寥廓，你为何独坐自设的囹圄，郁郁寡欢呢？

33

未名的花朵，为了你我的这次邂逅，各自准备了几世几劫？你既不忍枯萎，我亦不忍离去。

34

珍珠鸟，迅捷穿梭在花丛林间。是你惊扰了我，还是我惊扰了你？你的歌既然不是为了我，那请允许我一个人独坐。

35

谢谢你，谢谢你赐予的银色月光。谢谢你，谢谢你赐予的闪烁星斗。还有这芳草，这林木，以及林子那边的千山万水。我生活在这美丽剔透的世界中，却浑浑噩噩而未觉察。我整日与你相伴，却又四处漂泊找寻着你。

36

信步蓬莱岸边，吉光流连，云影徘徊。鸥鸟翔集，山海环峙。游人簇簇，歌声起落。我爱这尘世的风景，尤甚于缥缈的烟霞。我艳羡这当下的幸福，远甚于未知的来生。

37

痴人儿呀，你没有感知天的倾诉吗？当飓风吹起大浪，当月光氤氲花园，请不要闭上你的眼睛、捂住你的耳朵。

38

谢谢你，我只盼着靠在树上作片刻的小憩，你却殷勤地用繁花密叶敷设座位。我只盼着饮一杯清水解渴，你却热情地斟酌美酒。我只盼着听一苇芦笛，你却安排恢宏的交响曲。

39

微风中的云，云朵中的风，在做着怎样的游戏呢？一会儿神马奔突，一会儿静静依偎。

40

鸽哨清远嘹亮，而我的心却在揪着。不要有凶猛的鹰隼，不要有突袭的雷雨吧。只愿湛湛青天，亦可偶尔飘来朵朵白云。

41

独坐千峰之巅。这一侧是——科学、实证、逻辑、推理的乱石，冲突、冰冷、结果漠然；那一侧是——艺术、浪漫、宗教、神性的云朵，旖旎、缥缈、凌乱、云遮雾绕。夕阳西下，谁人断肠？黑暗铺天盖地，我已无路可逃。

42

一个人，一条路，一片林，一方岭，一座山，一域天空。

一域天空，一座山，一方岭，一片林，一条路，一个人。

43

有人期待圆月，有人憎恨圆月。有人盼着月圆，有人盼着月缺。有人赞美，有人诅咒。朋友啊，圆月只有一轮，她居于最高的云朵之上，青天一侧。

44

天是调皮的小伙，地是可爱的姑娘。天用日月星斗，组成伟丽的战阵。地用千山万水，构成绚丽的画图。

45

春光里怒放的百花，是我生命的吐艳。夏日里上涨的河水，是我生命的泛滥。秋色里枝头的硕果，是我生命的沉思。冬天里纷飞的雪花，是我生命的休闲。

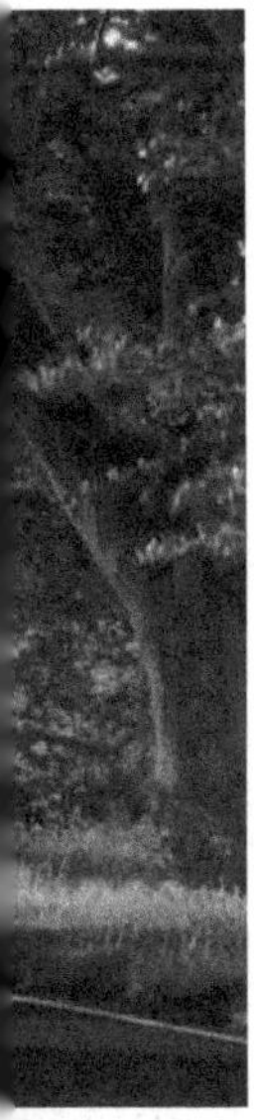

46

花儿呀，你的秘密只有我知晓，我的心事也只有你知道。互守秘密吧，就这样默默无语，相对微笑。

47

别嫉妒春花的妩媚，别艳羡秋叶的华美，那都是自然的安排呀。

48

花谢的时候，新叶一如雏鸟，迫不及待飞出。叶落的时候，红果一如待嫁的处子，还恋着枝头。可是春秋的变换，一如这潮汐呀，潮落还起，潮起还落。

49

七彩的色丝，织起幻境的披纱。万千的欢愉，给我自由的拥抱。春风秋雨，斟满愉悦的酒杯。纵横的幻想，燃起绮丽的光明。

50

花儿初开时，你不知晓，你只为琐事皱眉。花儿正艳时，你未觉察，你正在尘世奔波。花儿叹息着凋零了，你才惊觉。可是我可怜的朋友，你已错过了怎样一个万紫千红的季节啊！

51

造物主是一位醉客吗？醉意浸透了他的画笔，在这青天之上山水之间随意涂抹。于是万紫千红开遍，于是拂晓黄昏斑斓。

52

无边的春色里，我变成了一棵树，站在你必来的幽径。

53

春天的鸽哨，依次叫醒迷人的花朵。新叶如群鸟振翅般作势欲飞，解冻的河水，就像我的心潮一波一波地泛滥了。莫辜负这骀荡的春光吧，莫错过花月的氤氲。莫再和羞走吧，莫轻掷了几世几劫的预备。

54

独坐万山之间，四顾苍苍茫茫。且凭一杯春露，我向天地举杯。

55

傻就傻吧。在这无边春色里，就算傻成一棵树，也让我有权利快乐。迷恋这棵树，又向往那丛花。沉醉在无边的春色里，人人都成“好色之徒”了。

56

紫藤萝，瀑布似的倾泻。这寂寞的山谷，顿时热闹了。我迷失在花林间，沉醉在花香里。就这样一直醉着吧，我不愿醒来。

57

真正的凉爽只在夏日，荷塘上的风穿过柳帘，送来群鸟的歌声。它们在歌唱生活的美好吗？

58

秋晚，谁与我偕行？唯有白露泠泠，幽泉泠泠。

59

夜空撒下点点暗蓝的寒光，蜘蛛织它那生活的丝网，月亮浮沉在深秋的池塘，一丝风也会引逗满世界的哀伤。落叶彼此怜惜，飘零在诗人的脚旁。

60

秋风弥漫四野，秋意八方纵横。谁在林间悲吟？无益呀，不如赏看，不如聆听，不如发呆吧。

61

古今同赏，一轮明月。古今同慨，一山秋声。

62

诗人，请搁开你的诗笔，陪我一起看秋水，默默享受粼粼微波，给予的万千温柔。

63

草间的秋虫啊，呢喃里有着怎样的忧伤？秋风起来了，我多么怜惜你们的歌唱。

64

万千秋色，寂寞地绽放。万千旅人中，谁是久久伫立、伫立又惆怅、惆怅而落泪的知音？

65

秋日黄昏，别样的美。听，一枚落叶的叹息。风从林中，送来莫名的香。漫天的落叶飞旋，和着歌的节奏。

66

不忍夜半独醒，不忍醒来听风；不忍恰在山寺，山寺秋叶飘零。

67

在万千的秋色中，最怜惜那一枚飘零的黄叶。在万千的天籁里，最怜惜山那侧悠长的悲歌。

68

桂花洒落，幽影往来。岭头的弦月啊，你来，你来，照彻这神秘的世界。

69

秋风啊，你是画家吗？以天地为布，以秋色为笔，随手涂抹成这姹紫嫣红的山野秋居图。

70

秋林，你在等你的诗人吗？准备了一秋的美丽，只在诗人驻足时，一齐开放。

71

南坂，请不要如此美丽，炫目的红，醉人的紫，让人心旌神荡，无法呼吸。

72

风从山中来，辗转找到了她的诗人。诗人读懂了，秋叶的纵横脉络间，写满火辣辣的邀请。

73

诗人啊，不要久立山头。这漫山漫坡的秋色，会使你沉醉。

74

秋天的黄叶啊，也似我的诗情吗？在风中一波一波地浓了。烟雨暗千家。寂寥的江南啊，秋意弥漫了我的心田。

75

秋风，你不要一味埋头作画吧。请抬起头，欣赏你涂抹的江山。

76

秋风中的牵牛花，在黎明的清冷中，凄凄地猩红。我裹紧衣袖，感同身受了。

77

檐间的细雨，滴滴答答与我对话。我只以缄默应和。秋风四围相邀，我也无言以对。

78

野渡无人，竹篙与木桨相依而眠，青山与她的倒影窃窃私语，白鸟沉醉于澄明之境。

79

一朵小花，开在万山之中。而万山在宇宙间，却也只如一朵小花吧。

80

崖深岸陡，白浪滔天。壁立千仞间，云雀却在酣眠。

81

我独自走在竹林的深处，嗅着沁人的竹香，听着万千生灵的窃窃私语。我心爱的朋友，莫听我在书斋中的轻吟，请感受那桐红荻白，云肥风瘦，和这天地间万千生命的歌唱吧。

独自聆听天地的声息，自由徜徉

自然的怀抱，为活而在，向死而生。

——题记

徜徉集

1

独自聆听天地的声息，自由徜徉自然的怀抱，为活而在，向死而生。

2

古树用繁复的年轮炫耀长寿，高山用伟岸的身姿夸口崇高，大海用辽阔的蔚蓝展示浩瀚。而人呢，却默默伫立，思索生与死。

3

请解开自设的束缚，请打开尘封的心锁，请做出明晰的决断，请踏上清晨的长路。

4

我的朋友，真正的主宰其实就是你的真心。你苦苦地祈祷，何如一个转身，面对真实的自己。

5

窗外月色，似是生生世世的密友。面容姣好，纤尘不染。我似乎第一次认识此刻的世界，感到熟悉又陌生。相视一笑，莫逆于心，但不知道达成了何样的默契；怦然心动，黯然神伤，但不知道这伤心因何而起。

6

我睁开眼，远处是山，近处是林，江河纵贯视界，草堤上处处花香。我闭上眼，整个世界归于黑暗。我突然惊悸了，不敢轻易睁眼，怕这无边的美景从身边消失！万能的造物主啊，您告诉我——如此美妙的世界，真的只存在于我的瞬息流变的感觉之中吗？

7

一朵玫瑰，定然散发迷人的芳香。一朵蝴蝶，定然舞出曼妙的模样。老人面对时空转换惊慌失措，少年却信心满怀追求理想。大千世界自在运行，它岂依附于人们的意识之上？

8

晨曦的光亮一如希望，慢慢覆盖我的全身。清爽的空气，似将我慢慢融化。飘散在风中，肆意地旋转，放空自己。舒缓、轻柔、安静。晨露轻抚着我的脸，沁入心底。遥远的旋律响起，只有心能感受。

9

秋雨连绵，秋意萧瑟，四顾江山寂寥，寒风飒飒蚀骨。大家都言笑晏晏，谁知我心孤苦？

10

我猜想在这个世界，真的有一种神秘的力量。不然四季怎能如此绝妙的轮回，春生、夏荣、秋收、冬藏怎能如此和谐相续？婴儿一下子就能找到自己的母亲，笑意里分明泄露了天使的讯息。

11

清晨，第一缕阳光，照耀带露的鲜花，我分明看到，花灵一闪即去的身影。

12

我们都在“朝圣”的路上。我深信：一切科学的、哲学的、信仰的东西，都由一个共同的源泉哺育——那就是对于未知事物的憧憬和向自心的返回。

13

有时试着想象自己摆脱自身，负手立于太空的某一角落，惊奇地凝视这个蓝色星球的芸芸众生。看那冷色的、意味深长的，运动着的美，看那生和死川流不息，合而分、分而合，运动、升腾、变迁不居，看那一个个伟大的生命，激动人心的价值求索，激起绚丽的浪花。

14

静静地执着于自己的梦想，生命是一种平淡的美丽，美在过程，美在追求，美在希冀的朦胧。静静地独守着自己的空间，生命是一种悠悠的思索，追寻真谛，追寻意义，追寻价值的实现。

15

利剑刺破幽冥，暗淡无情地斩杀破败和失望。而那音乐的温存，又抚慰着这世上弱小充满希望的生命。一如稚嫩的鹰隼，终将展翅于天。

16

一只落水的蚂蚁，扒着一枚落叶。这片叶成了它的世界，它去奋力驾驭。树叶流向何处，蚂蚁无法把握。它只能庆幸，还在树叶之上。

17

我是一位孤独的歌手，旁若无人地自弹自吟，这歌曲谁人能懂？天际星星流浪，野风弥漫荒园，思绪向远方跑去，寻觅它的知音。

18

不要忙着与大自然争辩，且静默聆听母亲的召唤。当存在尚未开口言讲，我们又有何话可说呢？

19

我不喜欢逻辑冰冷的崇高书籍，我不喜欢了无生气的形上独言，我不喜欢过问别人的私事，我不喜欢附和无聊的闲谈，我不喜欢夜郎自大的文化意淫，我不喜欢“人咬狗”的娱乐快餐。对不起，我真的喜欢不来！

20

追问生产，获得经验。追问经验，获得技术。追问技术，获得科学。追问科学，获得哲学。而追问哲学的尽头，必然是信仰啊！

21

独坐宇宙的一个点，思考着大自然的整个的浩瀚。触摸了未知的边缘，既震惊于人的卑微，也自豪于人的伟岸。

22

天风骤至，山岛耸峙，谁惹浪涛狂怒，吼声连天四起？我只托腮独坐，洞彻生命的真实和沉静。

23

夜半的林涛，在我的梦醒之时，曾发出了怎样的狂怒啊？而酣睡的爱人，只当它是一场交响乐，正露出甜甜的微笑。

24

停下你狂舞的身姿，伴我坐在荷塘柳岸。不要舞动你的干戈，静待一朵荷花的开放。

25

嘘，什么都别说。我与你，一起体味，那花儿里包含着——世上所有的神性和馨香。

26

新月一镰，尘声已远。寂寞从山岩、从林木、从湖泊、从草地向我逼来。何处可逃？正夜凉如水啊。

27

书窗外，片片秋叶，簌簌地飘坠。这秋的精灵呀，等片片秋叶散尽，肃杀的冬天就要来临了。

28

我是一只燕子，逆风横海而来。羽翼早已疲惫，此岸又逢风雨。可有一处壁岩，容我筑巢休憩？

29

不要问我为什么伤悲，为这春荣秋枯的草莽，为这年年白头的芦苇。不要问我为什么流泪，为这天与地的相隔，为这白与夜的交接。

30

在这个世界的另一个角落，是否存在另一个形态的我？你有我一样的音容，我有你一样的形貌。我一辍杯，你也不喝。你一着凉，我就感冒。我一跳舞，你就欢歌。你一惆怅，我就泪落。我四处寻觅不到你，你为何从来不来看我？

31

我曾独坐峰顶，悲风四旋，阒无声息，我听到山神严冷的微笑。我曾独立荒岛，没有白帆，也没有鸥鸟，我听到海神寂寥的微笑。我曾独倚窗前，月色如水，花香浸润每一个角落，我听到母亲温存的微笑。

32

花蕊落下，真的无声无息吗？我只觉惊雷阵阵呢！

33

花香终会飘散，游人在风雨中归去。只我在林间，黯然神伤。

34

专注于依稀的水影，光波流转，意识破碎。此时我瞥见了生命的真实。

35

何处渺茫的歌声？斯世哪有如此美妙的天籁！我的心弦颤抖——庆幸没有错过，幸而路过人间。

36

永恒的宁静中，谁在虚空中驾临？尘世的歌声，已经远逝，星斗起舞于身畔。这一刻，我停下了前进的脚步，专心在风中，哭泣。

37

天空中，我在找寻，那颗最美的星斗。大地上，我在描绘，那幅最美的图画。

38

午桥边，杏花下，笛箫相和，且洗心，且静默，聆听清音。

39

生命的泉水，日夜流过我的血脉。应节而舞，又流过整个世界。

40

黄昏的游丝有多长，秋夜蟋蟀的悲吟就有多长。蟋蟀的夜吟有多长，诗人的诗情就有多长。晨兴的悲凉啊！

41

至大至美啊，浩瀚的自然。深深膜拜吧，孤独的旅人。

42

最怜这月，温柔的沉静。清辉相助，无尽的远行。

43

来路的荆棘和去路的榛莽，微弱的光明和唯一的险径……世人啊，我指明常识为何你们掉头不理？我撕破胸膛掏出真心，你们为何认为我在发疯？

44

在我的心中，有一座秘密花园，不许你窥探花园的花朵，只许你嗅闻飘出的花香。

45

漫空喷涌的只有海浪和那沁人的凉意。而大海许我的珍珠呢，为何总是在我转身之后，悄悄赠予？

46

时光啊，你是我的恋人。陪我走过春夏秋冬。世界啊，你是我的母亲，许我肆意歌哭笑傲。

47

斜倚窗栏，欣赏一抹黄昏斜阳，觉察一点儿人间心意。

48

梦到自己在做梦，梦中的自己又在做梦。我突然战栗了。现在的我，会不会也在梦中？

49

雨中，我莫名流泪。思绪何处逃逸？满耳都是风声，满眼都是雨丝。我浑身发抖，不是因为害怕，也不是因为寒冷。只是因为此刻，灵魂正无枝可依。

50

一对小鹿，在神秘的国度里欢跳。林子里却传来忧伤的音符，正秋风吹彻，正夕阳黄昏……

51

且住！这芳林中的黄昏，这黄昏中的芳林，为何让我如此惊疑呀？分明是第一次邂逅，为何又觉得是生生相约？

52

秋风，且容细细相商吧。你能带走夏的燠热，而把夏的青葱留下来吗？

53

白发的芦荻呀，当初有怎样的青葱。飘零的黄花呀，当初有怎样的明艳。

54

在茫茫的时光之河里，生命也如流星了。只璀璨那耀眼的一瞬呀，又飞逝何处呢？

55

亲爱的造物主，您的神圣全然深藏于奥秘之中。您是斯世的创造者，又是永远的异己者。我不知道您的模样，但我愿向您开放我的心。

56

一翼新芽便是春了，一旋落叶便是秋了。四季原本只是一瞬呀，朋友，珍重！慎度时光的流。

57

秋思，秋凉，秋愁，秋恨，我能领会多少呢？秋叶在风雨中呢喃，诉说怎样的故事？我只搂紧肩角，凭窗聆听吧。

58

人在窗边，书在桌边，拂面的凉风中，秋已到来。

59

我爱，故我在。

60

人的羽翼，只有在梦中，才能自由翱翔吧？

61

哲人，我羡慕你：独自品尝思与诗的酒，你能觉了它醇香，清甜。哲人，我心疼你：饮酒时无人为伴，思与诗让你难以安眠。

62

在黑暗的天幕下，灵魂踽踽独行。借着心跳的相契，找寻同路的知音。

63

是谁在敲击我的心弦？是千重的光雾，还是醉了的柔波？是天天的梵呗，还是夜夜的月明？

64

我坐在地平线上，吹起芦笛，万千生灵一起静听。

65

晶莹的珠玉，心痛的伤摧。你经过了怎样的磨难啊，才变得如此令人怜惜。

66

我小心翼翼地，保持着，与世界的距离。

67

凭栏人，秋风已起，白衣飘荡。你要乘风归去吗？看那新月已升，又隐到云海深处。

68

梦中，我长久地独立。不知不觉，变成了一株风中的树。

69

真、善、美、圣，是四株参天的大树。根植于同一块大地，叶交会于同一片天空。

70

我行走在自然的天地里，自然摇曳在我的内心里。自然是伟大的，而我的心，亦然。

71

诗与思似花，在月光中独自绽放；却又似晨星，在黎明的喧闹中消散。

72

薄袖凭栏，单衣试酒。画里的轩窗，已迎来第一缕春风。

73

美在生命之间流动。山青了，水绿了，草长了，鸟飞了。谁独立窗前？谁独自落泪？

74

不好意思，请允我片刻退出好吗？暂时地去听听风声，辨辨鸟语，嗅嗅花香。或驻足在清凌凌的水边，一整天无所事事。

75

月出皎兮，这良人的世界里，应许一滴泪落吧？连凶猛的狼群，也停止了扑食，在坡顶仰天悲号呢。

76

雨中，我莫名流泪。灵魂，正无枝可依。思绪，完全逃逸。

77

我的怜不是爱，我的畏不是怕。我的怜沉甸甸但没有对象。我的畏苍茫茫但亦无指向。

78

歌声充盈天地，眼泪与微笑相伴，震惊与希望相依。潮起又潮落，梦破又梦圆。我卷起帘幕，走出深深庭院。我的脚步，应合天地的节奏。

彳亍生命的岸边，死神的歌声从幽谷升起，来世的花香氤氲芬芳。孤寂中沉思的诗人，清泪潸然。噢，风儿慢慢变凉了，林涛声音越来越大，到了向晚时分了啊！

——题记

氤氳集

1

彳亍生命的岸边，死神的歌声从幽谷升起，来世的花香氤氲芬芳。孤寂中沉思的诗人，清泪潸然。噢，风儿慢慢变凉了，林涛声音越来越大，到了向晚时分了啊！

2

梦中的女神款步走来，深情地注目这个世界，于是喧闹的孩子进入了甜蜜的睡眠，年轻的夫妇停下繁忙而彼此温存，老者暂时休止了病痛。她让月光轻洒，大地安静，只待第一缕曦光唤醒黎明。

3

一只困在二维空间的蚂蚁，慌急地前后左右寻找，却不知抬头看一眼近在咫尺的目标。我也脚步散乱，眼神迷离，心儿狂叫——我的爱，我的爱，你在哪儿呀？

4

秋叶凋零，一如我万般思绪纷飞。怕就怕秋风一夜吹彻，斯世繁华尽空。唯留瘦山纤水，伴我孤独。

5

可是，我的朋友，旅途一定会有终点呀。万里的远行，你不觉疲累吗？冬天终要到来，草枯萎，花凋谢，山容清瘦，水意无穷。窗帘重重拉上吧，怕冷的人儿，待在你的永恒之乡，各自安眠。

6

生命是一簇花盆里的花朵。生，明媚鲜艳；死，归于大地。

7

一棵树，春叶竞生，夏花妩媚，转眼间秋叶飘零，青葱的念想只能在冬雪下祈盼下一个春天。一个人，从婴孩儿的蹒跚学步，之后赳赳壮壮或亭亭玉立，再后又佝偻彳亍，扶杖而行，最后像枯枝败叶一样颓然倒下。一生何其短暂，梦来梦去之间！

8

我是一颗蒲公英的种子，飘荡在机缘聚合的天空。最好坠落于肥沃的土壤，但也无惧贫瘠的石缝。只等待应时的春风化雨，即再续写生命的诗篇。

9

如果说生命是一株明媚的花，那么世界就是花盆和土壤。花开时，全赖花盆的撑持，土壤的滋养——花谢后，花盆破碎，复归大地。

10

我沉入生命的底端，同情于生命的同苦同畏。陌生的朋友，请与我执手吧，一起微笑，或一起默默垂泪。

11

迷失在神秘的丛林里，借偶尔透来的微弱的天光，我在芊芊莽莽中跌跌撞撞。哪里是丛林的出口，哪里有光明的坦途啊？

12

我生，我在；我死，我生。

13

让一切命中注定的都一起来吧，请许我在死神面前昂起高傲的头颅。把命运之杯斟满浓烈的美酒吧，邀日月星辰齐来同饮。

14

春风与春草轻微触碰，秋云与秋风丝丝痴缠。我在故园年年相待，依旧难以忘怀。请赐我遗忘，或者死亡。

15

我要捕捉那关于生与死的思绪，那纵横纷乱的图案全属机缘巧合的拼凑吗？死是悲剧的一章，生更是悲剧的主干，演员就是你我他。在剧中歌哭笑傲，或优容，或冲突。偶尔跑到剧外，仍是如此渺小，无能为力。

16

一卷在握，窗外是山水林壑，明月在天，阒无尘音。此时我听到血脉奔涌，以及有力地跳动，生命充盈着我的经络躯壳。我没有死，我活着，我能感受这个世界的真、善、美。生命本身值得我感恩，以至泪流满面，这种幸福感，刻骨铭心。

17

我千百次地思索，而你依然伫立在我的思索之外。我千百次地寻找，而你依然与我的视线无涉。我终于拥到你时，却已无法回步。蓦然回首，世界却已在我的知觉之外。

18

我从来处来，我向去处去？来去的中间，只作片刻的停留。我只是一个旅人呀，我的朋友，我终要回到我永恒的家乡。

19

龟寿百年，树活千年，随意一块石头已存万载。而海洋和大陆呢，日月星辰呢，不知经历了多少岁月？我因而惶惑、恐惧而战栗了。

20

我的眼中是一个世界，我的心中是另一个世界，触摸到的、听闻到的、甚至于嗅到的，都是一个个各不相同的世界。然而真正的世界——那个终极的永恒的无限的世界，其情形如何呢？孱弱如我者又怎生得知？

21

螳螂捕蝉，黄雀在后；黄雀捕螳，猎人在后；猎人捕雀，暗箭在后；暗箭的后面，还有暗箭。我的兄弟，生命非要如此相残吗？

22

死亡之于生命，无异另一个新生：你让烦累的老人，停下匆忙的脚步；你拦下受惊的马群，不让它们惊扰安静的孩童；你重新安排好新的乐章，在蓝天中响起嘹亮的鸽哨；你将冬的腐朽，变成春的养料；你解除了沉闷的燠热，给世界送来了清凉。你把一切的绝望，变成新的希冀。啊，我歌唱你，死亡的伟大；啊，我拥抱你，伟大的死亡！

23

墓地何妨建在街心公园里呢？让死与生用欢乐联结。光风丽日，孩子在这里玩耍。拂晓黄昏，艺术家在这里引吭。月下花前，恋人在这里呢喃。而静谧的深夜啊，我的朋友，万千生灵将以另一种方式在这里聚首。

24

造物主的摇篮里，放着两个婴孩。一个是生，一个是死。

25

闪电劈开乌云，一眨眼照彻寰宇。鸟儿惊惶翻飞，躲避将至的风雨。

26

水面黄昏，一襟夕照，我已凝眸几世几劫了。

27

犬吠不合平仄，蛙鸣却应马蹄。迷路野村，许是前生的因缘吧。

28

初生的婴孩，你为何啼哭？可有人正夺去你前世的记忆吗？

29

许我休息吧，我已劳累了那么久，并已交出了所有的积蓄，只为换来一夕宁静的睡眠。

30

死亡是生命的升华，正如秋实是对春花的颂扬。

31

人生真的应该有悔呀！峰回了路转，水穷了云起。

32

冬雪接收了这世上——枯萎的、凋零的、飘落的、挫败的一切。又爱怜地拉上了白雪的帷幕，悄然催生世上一切希望的种子。并将这希望交给春天，自己转身飘然而去。

33

淘气的男孩，怎可残忍地把蚂蚁践踏？或许有高于人的生灵，正挑肥拣瘦地准备自己的晚餐。

34

一群小孩子，在生剖一只猫咪。惨叫得凄厉，嬉笑得欢谑。远呼未及时，我心惊悚，泪如雨下。

35

命运为你打开一扇窗时，顺手关上一道门。而打开一道门时，顺手却又关上了一扇窗。

36

死亡是伟大的休息，正如冬风涤尽秋的纷乱，迎来春的清新。

37

死与生在最清新的晨曦中交接，之后又在最辉煌的晚照中换岗。

38

死亡扑面而来，烛光炯照，明朗无碍。

39

离开也是回家，一如死亡，使个体归于生命的浩瀚。

40

芊芊莽莽之间，定然有一条通往那里的路。虽然我还未找到，但已然听到了未知的脚步，嗅到了未明的花香。

41

我的爱常常没有对象，它只是一道温和的光。你无需回报，我已不在那里。

42

世界啊，我是哭着前来，且许我笑着离开吧。

43

躺在草地上，看暮色四合。夏虫呢喃，露出神秘的生命气息。静寂处细听，草丛里似乎众声喧哗。我猜想在无法触摸的虚空处，或许有另一个世界。我们可以偶尔听到幽林深处传来的缥缈的歌声，却看不到那神秘的歌者。

44

别了落花，分别珍重吧。只愿明年的春天，你我各无恙，再图相见。

45

栀子的白花，在月下将要凋谢了，花蕊落下真的无声无息吗？我只觉惊雷声声呢。花香终会飘散，游人在风雨中终会归去。只我在林间黯然，神伤于生命的无常啊。

46

一滴雨，经年，还未落下。干裂的土地，今天更加焦渴。昨日之鬼低飞的翅膀，谁能看见？乡愁弥漫，而故乡啊，您在何处？没有雨，我只好以泪作雨。

47

夕阳不甘灭于苍茫，无尽的叹息散落于无尽的风凉。且住，当明晨第一声鸽哨响起，东方将又出现万道霞光。

48

满耳都是雨声，满眼都是雨丝。我浑身发抖，但不是因为害怕，也不是因为寒冷。

49

而今只余，一襟晚照。回眸处，无尽的长路啊。

50

林中的另一个角落，是否有一个以另一种形式存在的自己，在焦急而深切地呼唤着我的名字？我惶急地追寻林径尽处的那个背影。我听到了，听到了不知是谁在吟哦我的诗句。

51

明月在天，清影在地。谁夜夜行走在寂寞的林间？

52

是前生曾经的相遇吗？是来生提前的约定吗？馨香缕缕，歌声细细。朋友，且秉烛夜游吧，春色正好！

53

我为什么呼喊，在世界静谧的时分？我为什么哭泣，在恬然自乐的国度？我为什么要在自己的心湖，投下一块块巨石？为什么你的灵魂不得安宁？是爱！是爱让我心动不已——我爱家人，我爱这天地，我爱这众生。

54

书窗外，万籁俱寂，世界已沉沉睡去。我独坐窗下，陪我的灵魂，窃窃私语。

55

我，就是那个永远的异乡人。我的脚步漂泊于灵魂之域，心儿安静行走于知觉之外。没有人告诉我前方是黑暗还是光明，听，我的足音响彻银色的夜空，我的呼吸随晚风在湖面上款款吐纳。林鸟醒来又睡去，芦笛响起又沉默。月儿无言，陪我孤独。

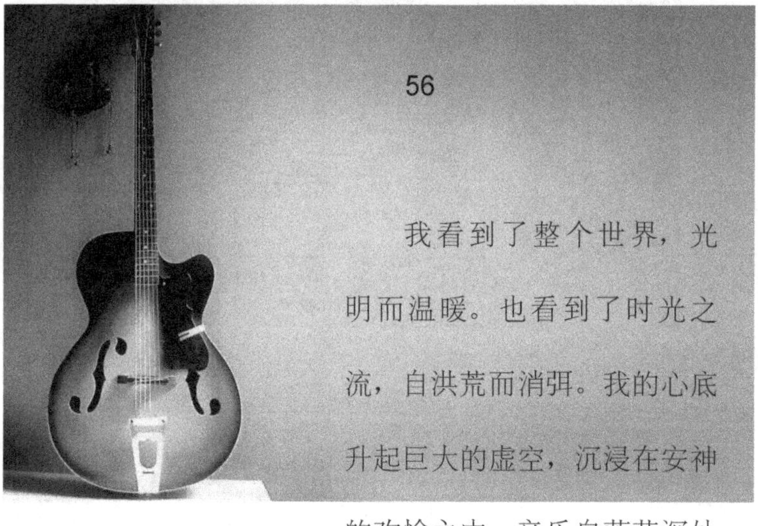

56

我看到了整个世界，光明而温暖。也看到了时光之流，自洪荒而消弭。我的心底升起巨大的虚空，沉浸在安神的欢愉之中。音乐自莲花深处隐约传来，我与造物主面对面，微笑。

57

是谁在幽林深处吟唱歌曲？是谁在深涧那畔舞姿蹁跹？是谁在我梦醒之时飘然而去？是谁在透过阳光和尘埃逆光而来？秋更深了，风更凉了……

58

风来前，请为我斟一杯酒。雪飞时，请为我铺一盘棋。人去后，请挂起青棉帷帘。曲散了，请收好南山焦桐。朋友，世事原就如此啊，缘起相聚，缘尽相别，哪里容许一味地恩怨难尽，痴恋纠缠？

59

我是上苍的弃儿，哪里有温暖的怀抱？我在天地间流浪，赤脚走遍千山万水。行囊里只有寂寥，只有风凉。

60

心爱的，你面容如此清雅俊丽，目光如此明澈圣洁，着一袭白衣，婉转婀娜走过烟光弥漫的人间，逗引我痴痴呆呆的目光。

61

仰望，是蔚蓝蓝的天；俯察，是碧绿绿的海。这一刻，心路清坦无限，心空了无纤尘。有泪盈眶，莫名其然。

62

于时光深处端然静默，看流水温存东去无止无休，日光与晨光揖让相接。心中无悲无喜，唯一执着于我心的只有你，我因你而贪恋这人间的烟火。

63

日出彤霞，东天瑰丽无比。且容我在温煦清晨，踏入雾中的花径，寻觅生命的来路。

64

时光啊，你且随我前往，经虹雨花瀑，荆棘歧径，逡巡人世疾苦，追寻人生欣悦。

65

啊，我看到了！我看到了期盼一生的明光，看到了明光照彻的人间。时间在生死之间轮回，唯有这道明光永不消匿。

66

日光倾城，月光倾城。日月为明，明光照心。皓皓精魂越陌度阡，千万里，千万里，我迎来了你。

67

灯火渐稀，尘声已歇。临窗久立，悲愁渐来。在这座城垣里，多少人生于斯、长于斯，亦终将逝于斯？阴霾之后是苦雨，星月无光，痛苦和孤寂催生华发苍颜。而欲念又让人屡屡失去尊严，蝇营狗苟，随波逐流。哎，又是一个难耐的长夜啊！

68

秋风飒然，尘虑一空。独坐峰顶，俯仰天地。一时间，我忘却了身边的人和事，忘却了好恶和得失，忘却了天国和尘世，忘却了个人的生与死。我远远眺望着自己，怅然独坐，危峰千尺。

69

我心明澈，我身无碍。清风泠泠，素袂飘飘。这生生不息的时光，这万物一体的宇宙，都在我心中相融。谁使秋风渐烈？谁使清泪盈眸？

70

心爱的，我的心不在这里。它与天地同转，它与日月同明，它与四时同序，它与鬼神同吉同凶。我也在孜孜寻找，寻找我丢失的心。你若与它邂逅，请向我发一则微信。

71

夜间醒着的人呀，请尊重睡眠吧，并羞涩地拥抱它。梦儿她也有脚呀，轻轻悄悄地挪移。溜到世人的身上，柔柔地轻轻地揉着他们的眼睛，偷走他们的万千思虑。她陪牧者引导羊群来到丰美的草地，她陪孤苦的诗人低低吟唱，她遣微风送来花的香，她请月儿把清辉洒向千里万里。困苦的人儿暂时地忘却痛楚，也忘却了自己，就让他们享受片刻的陶醉吧。

72

我赞颂大地，一如我赞颂肉体。且聆听健康肉体的呼声吧，它忠诚、纯洁、清馨、强壮或唯美。那月光下草地上的盛宴，那春风中竹林里的情歌，引人前往。肉体的欢乐和痛苦产生智慧。尊敬与轻蔑，欢乐与痛苦，都在肉体里表现意志和价值。那些肉体的轻蔑者啊，你们妒忌生命，你们怨恨大地，你们将那醉人的美酒倾倒于地，你们摒弃那痉挛似的奇欢。

73

这是一座有生命的城市，在城中您可随见清丽的自然风光。啾啾鸟语缠绕耳际，涓涓小溪叮咚作歌，森林与楼宇相互掩映，大山向小城投来深情的目光。您翩然走在天光云影之下，就像在天上散步一般。您在草地上躺下，静静地在空气中梦幻，感觉周遭的芬芳和力量。我的家虽然没有花园，但是围绕我家的一切便是一座漂亮、洁丽、可爱的大花园。

74

我的灵魂时而愁苦时而甜蜜，我的内心时而充实时而空虚。鸟儿在我屋边筑了它的巢，风雨之夜牵系着我的悲欢。野犬蜕变为鸟儿与美好的歌唱者，毒药制出了止痛剂。世上最高的目的总藏在热情之中，激越伟力的魔鬼终于变成天使。

75

你悄悄地来，悄悄地去，谁能感受得到你的气息吗？生老病死是一个轮回啊，人生舞台前后相继。不小心你就走完了一生，不自觉你就成了别人的回忆。这个世界上总有一个人长久地记得你，但也终有一天会最后一个忘记。世上唯一一个记得你我的人也最终会告别舞台，那时你就没有牵挂了。生命不能承受之轻，活生生的人说没就没，来不及好好道别，只挥一挥衣袖，从此走进历史，走进记忆。悠悠芳魂，徘徊庭树，看匹夫匹妇，饮啄笑傲。慢慢地，你的亲人不再悲伤，未来的世界不再有你，你慢慢被人记忆，你慢慢被人不再记忆。

76

我赞颂星空，一如我赞颂灵魂。独立峰顶时的寂寥与高傲，聆听心泉时的清欢和清愁，您能感受到天地人神共舞的欢愉吗？

77

我的身体来自尘世，我的灵魂来自宇宙。每颗星星都对应着一个独特的灵魂吧？我做梦，也许以此可以自由穿越家园；我生病，那是因为我的灵魂思念自己的星星。直到生命逝去，灵魂重返宇宙之中，飘荡，穿行，恍如悠闲的云朵轻风劫后余生。

且容我独自上路，踏入荆棘遍布的隐秘山径。天风为我吹，天花为我落。歌声轻漾，爱如潮水来势汹涌。汗水和泪水滴落，我自蹑踱。我不知道将去何方，我留给世界的只有背影。

——题记

蹑踱集

1

且容我独自上路，踏入荆棘遍布的隐秘山径。天风为我吹，天花为我落。歌声轻漾，爱如潮水来势汹涌。汗水和泪水滴落，我自蹴踱。我不知道将去何方，我留给世界的只有背影。

2

我听到那舒缓的音乐，我看到那神秘的拱门，我洞彻那缠绵的幽明。我自生命的尽头回眸，瞭望童年青葱的田园。

3

造物主，您随着太阳的光线悄然来到人间，行走在世人的感受之外。您用爱怜的目光俯视着世人，无私无妒，温和宽容。您对我的过失的记忆是简约的，必要时也会惩罚我，但不殃及我的家人和朋友。您在世人敬爱的眼波中照镜，从中确认自己的神性。您在黑夜里竖起灯塔，照亮世人眼前路、心中路。

4

一杖在手，漫步山顶。万籁俱寂，天地凄清，月朗星稀，尘声已远。想哭，却不知为什么；轻叹，也不知为什么。山顶，仍有高塔耸峙，瞻之愈大，仰之愈高。朋友，你告诉我，是自然更加伟大还是人类更加伟大呢？最高的山峰在我的脚下，神性的星空在我顶上。朋友，你告诉我，是自然更加伟大还是人类更加伟大呢？

5

晚风的天籁里，哪一缕是你的咏叹？万家灯火中，哪一扇是你的幽窗？馨香千缕，哪一朵开得最艳？微雨蒙蒙，哪一柄纸伞飘过青草池塘？

6

垂死者读分读秒，重病人读天读月，中老年读岁读年。懵懂的少年啊，请好好创造并享受美好的每一天。

7

我愿与所有的生命相偕欢笑，或相陪受难，因为我们坠落于同一个世界。生命缔造的链条上，有大欢，亦有大畏，生命在连续与断裂之间穿行。

8

云淡风轻，新月初上。远处的山林、水洼、平畴在寂静的光影中沉浮。我的心跳与周遭的大自然同频。我失落了自己，仿佛从另一个角度看着自己，如此卑微，又如此骄傲。

9

我站在大海边思索生命，这是一件多么不自量力的事啊！一只酒杯无法测量汪洋的宏阔，标杆和绳索无法求量大自然的奥秘，小小的天平无法称量山峦的壮伟。孱弱如我的小人儿啊，又怎能厘清生命的真实呢？

10

风起于青蘋之末，变为荡涤天地的狂飙。歌升上天空，激越四野的回响。谜沉于大地，一代代人苦苦思索不得。世界哪容战胜或征服？我唯有以全部的热情和奋勇，来爱她吧……

11

稻草人，也许是另一种意义上的哲学家吧。总是孤独地守望着自己寂寞的领地，总是同样孤独无依地守望着自己寂寞的心田。

12

寂兮寥兮，您在人们知觉之外独步周天。您从来路来，到去路去，永不止息。您是一切存在的根据，附丽于每一抹婴儿的微笑。您超越有形羁绊，俯瞰日月山川。您无为，却是天下一切作为的根基。您无形，却是宇宙万象的本根。您有情，天地赖此以生。您有信，大化依此运行。您在，您在！我从天光云影中窥见了这个真实。

13

我从时间的深处走来，我向时间的远处走去，我是一个时间里的过客。弱水三千，那由我激起的涟漪又能轮旋多久呢？时空轮换，拘缚了我的如斯歌声。啊，千百后的朋友啊，请你暂停匆匆的脚步，捧起我的书文，从我的字里行间去辨识那如星子般闪亮的心，去感受那如火般炽热的爱吧。

14

对于横倒斜歪在通向生命价值求索之途上的障碍物，我通过科学真理和生活经验的总和来清理；而对于远在前方的生命价值之鹄的，我通过哲学的沉思、审美的愉悦、灵性的震颤、信仰的笃定来触摸，试图通向一个明晰而和谐的思想世界。

15

雅斯贝尔斯陪我们登山。随着高度的增加，平素我们看不到的景物进入了我们的视野。远处红绿相映，阡陌纵横。再高一些，四围出现了壮丽的地平线，那是天地相接之处。然而地平线并非静止不变，它在后移，我们的视野在继续扩大。但是且住，此时涌上心头的不是自豪和满足，而是谦卑以及悲哀。因为我知道，我所触及的地平线或许只不过是造物主的一枚精致的钻戒，抑或微不足道的一只圆环。广袤无边的宇宙的主体部分，还在我们的视野之外。

16

我是爸妈生的，这是一个朴素的事实，这可从爷奶伯舅口中求证，而自身额频似爸，颦笑似妈，揽镜自照自是一目了然。但我的爸爸的爸爸的爸爸、妈妈的妈妈的妈妈是谁生的呢？远古的第一个人来自何方？是造物主造出来的吗？他现在把模子弃于哪里？他自己又是谁造出来的呢？终极追问处，宗教由此产生。

17

孕育，这个习焉不察的过程细想起来其实奇妙而诡谲，惊心而动魂。短短的十个月里，生命走完了人类亿万年才有的进化之路。一个在水中游泳的单细胞，一路跨越界、门、纲、目、科、属、种，迤逦而来，其间有多少径庭繁复、云遮雾绕？有多少山环水复、柳暗花明？

18

心爱的，让我们一起聆听，聆听窗外这万千天籁。心爱的，让我们与这个世界对话，敞着我们的心。心爱的，让我们执手同行，融入同志同仁，相伴走向康庄大道。

19

仰望宇宙时，我知道，我们看到的其实全都是过去已然发生的事情，它需要时间来接近我们。夜空真是暗的吗？也许你我看到它时，它早已明亮，里面充满了宇宙中无数恒星的光。膨胀的星系，旋转的恒星和旋转的行星，时间的经历是不同的：过去的、现在的和未来的都是相对的。“巧笑倩兮，美目盼兮”的她真的曾经来过吗？花香氤氲之间，一道光消逝于远天。

20

远山一如哲人，俯瞰着布满灯火的大地，沉默地思索着一种谁也不知道的事情。树枝拉开天幕，迎来天外的讯息，月亮和星星，天光和云影。

21

曦光，曦光，谢谢你送来美丽的清晨。看那叶面上盈盈的露珠，像天真的儿童的眼睛。晨风里透着清香，早起的云雀开始攀高，四村都听得它的鸣唱。

22

永恒的流光溢彩，生命的瞬间变化，都是我所渴望的美。可是，心爱的，请你告诉我，为什么我同时思考永恒与生命时，却沉默不语，潸然泪下呢？童年的五彩已经消逝，玉宇清澈。生命吸吮山泉和山岚，沿着崎岖的山阴小道攀爬，何处风笛响起，伴着缥缈的歌声？

23

羞涩的云朵从林间逸出，羞羞怯怯。渴盼的沙丘披着浴衣，在岸边等待。

24

初春的风扫除着冬雪的足迹，挑逗着姑娘的衣袂和围巾。东方的海洋兴奋不安，发出元气淋漓的声声呐喊。硕大的太阳贼亮贼亮的，似乎要点染远方的村庄。冬天是确然地过去了呀，春天来到了我的身边！

25

夜仍深沉，世人都还在梦境吧？雄鸡却在静夜中骚动起来，活动着脖颈，准备唱醒黎明。谁家早醒的火星跳出了炉口，守望的星星恰于此时远遁。

26

冬雪下土块在积蓄力量，种子在心中萌发滋长。多少年前岁月的光辉，被默默压在大地记忆的底层。

27

草木凋敝，天地沧桑。一生的欢情和悲意化合为雨。我茕茕入世，独自沉浮，舛错流离，孤寂无依。何处是生命的彼岸，何时落定这颠沛孤零的心？

28

黑夜走出山坳，夕阳在山角挥别。一条长长的游影投向寂静的村庄，老人的牛归来了，拉着旧时的轮车。

29

这尘世的事情多是自然而然地发生，一如黎明初现，旭日东升；一如夜幕降临，白日西沉。

30

我多想痛哭一场，让这泪水，滋润世人的心。而这心，比沙漠还要干燥啊！

31

春姑娘用暖流的拳头轻轻敲打大地的门户。春风染绿了山河，冰雪变成了沃土，解冻的河岸在阳光下变得温润。袅娜的垂柳深情地倾倒，而它身边有那棵威武的白杨展开了深情的怀抱。修长的柳丝浸入水中，荡起层层涟漪，鱼儿却惊慌游走，带着去年的钓痕。

32

廉颇已老，白发萧然。烈士暮年，意兴阑珊。唯余秃笔，涂抹江山。

33

我注定遗世独立，独自行走在天地之间。不为烟花所惑，也不为旁人停留。当世人惊觉，抬头瞻望，却只能看到我的背影。

34

阡陌间，我停下了匆匆的脚步，在晚风鼓荡中怔然良久。我忘记了当初为什么出发，也恍惚了前行的方向。

35

回望来路苍茫，一条蜿蜒小径通向草莽之间，秋寒漫天漫地逼仄。我在天地之间成了一名孤儿。

36

我能认识什么呢？苦苦追寻，却更会触摸无知的边缘。巨大的无限令我默然无语。孱弱如我者又何能改变世界之一隅呢？既然死神在路的尽头冷然守候，我的汲汲孜孜为求何来？独立千峰，秋风冷月，清泪潸然。

37

神秘的道路有两条，一条向外远眺，一条向内观照。远眺导致我们将神圣从最远的星球赶走，内视却又虔诚地将神圣迎回心中。

38

我为什么呼喊，在世界静谧的时分？我为什么哭泣，在本可恬然自乐的国度？我为什么要在自己的心湖里投下一块块巨石？为什么我的灵魂不得安宁？是爱，是爱让我心动不已，我爱这个时代，我爱这个国度，我爱这个民族！

39

为什么追求真理的路上荆棘丛生？为什么善良常常被恶意利用？为什么美的外表下暗藏丑恶？为什么世人不再相信一切的神圣？我仰望星空，泪眼蒙眬。

40

我的朋友，别问我为何清泪潸然。我的劳碌并非缘于高贵的勤奋，而是为了排解无聊、孤独、烦；我的潇洒并非放达，而是为了填补空虚、寂寞、冷。我冲刺在人生的路程中，不敢有片刻的悠闲。我用手疯狂地拍打着我的额角，喃喃重复着高更的追问——“我从哪儿来？我到哪儿去？我是谁？”

41

我是谁？谁是我？不，你眼前的这个人不是我，或者只是我的无关紧要的一部分。这是我的姓名，那是我的称谓，这是我的身份，那是我的社会关系。这一切都只是包裹我的外套，内在的“我”有谁认识呢？

42

你是谁？你从哪儿来？你到哪儿去？门卫先生，你的发问，每每让我默然驻车，沉思良久。

43

我知道这尘世之上，有一个巨大的虚空。我知道这虚空之内，有一个巨大的永恒。我知道这永恒之间，有一股圣洁的清泉。我知道这清泉之水，终会洗亮我的眼睛。

44

我已旅行很久，久得忘了何时出发、为何出发，以及向哪里进发。我在月下敲响每一扇门，可仍未找到属于我的那一扇。我仰望虚空，泪雨滂沱——这是哪儿呀？哪儿才是我的家？然而，没有回答，天地间只有我的回声。我的哀叹化成了天风，吹遍地上的每一个角落；我的泪水聚成了洪流，泛滥了整个世界。

45

我的朋友，谁能说清楚这世界所有的神秘呢？我的目光越过了千山万水，直至玉宇霄汉。可我的思绪所及又怎抵宇宙之一隅呢？永恒的宇宙永远在我不可思议之外。而当我蹲下来注目一只蚍蜉时，又怎知它在须臾之间经历了怎样的万千波澜！在神性的无限眼里，银河只盈一勺，而蚍蜉却无啻巨灵啊！

46

怕就怕庸常时分的闲适以及由此而来的空虚，怕就怕成功之后的自满以及由此而来的无聊，怕就怕忙忙碌碌却不知前路通往何方，怕就怕宴聚之后的一钩残月凉如水。

47

每一个生命都本应令人敬仰，每一个侏儒都是潜在的巨人。在凡尘中浑浑噩噩，庸庸碌碌，他是忘记了自己出身的王。

48

我孤单地站立在宇宙之间，后面微观之极致是虚无，前面宏观之极致是无限，中间的我四傍无依。这世界如此之大，何处寄寓我的身体和灵魂？这世界似乎在刻意回避着我，我也确乎刻意回避着世界。

49

抱歉，我听不到过高或过低的声音，看不见过大或过小的事物，过亮或过暗，过热或过冷，过于热情或过于冷漠，过于崇高或过于卑贱，都进入不了我的视界。就像远方的山谷开满桃花，山外懵懵懂懂的我又怎会觉察呢？

50

噢，我的文字，你为啥常常全然地言不由衷？就像风中的落叶，就像水中的浮萍，哪里是你要去的方向？

51

一枚秋叶在风中旋舞，在雨中飘落。秋情、秋凉、秋思、秋恨、秋愁，我又能领会多少呢？

52

哲学一直在寻找，寻找寄寓众生的沙洲。可天光云影，水色空蒙，伊人何处？徒生乡愁。

53

爱呀，是你连接了亲子，连接了村落熟人和陌生的过客，连接了日月星辰天地万物，连接了春夏秋冬古往今来。我该怎样地赞美你！谢谢你抚慰我的寂寞，并理解我的负累。谢谢你，许我像一个孩子，依偎于你的身边。

54

风儿送来花儿的馨香，蜂和鸟儿在林间尽情地歌唱。闲暇须得好好享受啊，因为忙碌会让皱纹爬上额头，让白发诉说哀伤。

55

哪里飘来神秘的箫曲？谁在吟唱神秘的歌谣？圣殿的箴言何时书写？谁在晚风中站成了雕像？

56

摆上一朵花，点上一炷香，打开窗子，让天国的风儿吹来。

57

一枚落叶飘零，上面有一只蚂蚁。哎，蚂蚁只知一叶寄寓，又怎知叶外有枝，枝外有树，树外有林，林外有山，山外又有大千世界，十万生灵……我突然心悸了——在永恒博大的造物主眼前，我又比蚂蚁大多少呢？

58

月色如水，星斗阵列，草间传来馨香夜气，林中响起美妙歌声，世界如此玲珑剔透，美丽得让人目瞪口呆。请停下你驰突奔竞的脚步吧，且在风前衣袂飘飞。

59

多少心愿啊，跪拜的人儿！你四方寻找神灵，焚香顶礼膜拜他们。岂知神灵根本就不在那里。神灵恰恰就是你的父母，在你的家里，在你的心中啊。泥塑木胎，白白承受如此香火。

60

我以有限之身，裹挟于无限之中，思绪四处奔竞无从逃逸。请许我，请许我默默垂泪吧。

61

真正的哲学嘲笑哲学，真正的艺术讥讽艺术，真正的道德蔑视道德。

62

我只想真诚地活着，作为一个人，成为一个人。

63

是的，我原是一位猎手，手指常常就扣在扳机之上。但前方迷雾重重，哪里是要瞄准的目标呢？若不然，还是让我做一名勤勉耕作的农夫吧，种瓜得瓜，种豆得豆。

64

独坐危峰，思考自然的无限，也思考思想的无限，没有比这更惊心动魄的了。为什么趋骛真理、正义、幸福、无垠和永恒，达到却常常是谬误、罪恶、不幸、有限和无常。

65

独坐大河之源，独坐星宿海边，独坐雪山中间。有风从苍穹吹来，红尘已远。

66

闭上眼睑，敞开心门。放空，开放，沉默于沉默之中。哭泣，却无言以对。全懂，但我不说。

67

生命之间，一定有某种真实的关联。无需通过话语，无需命令或祈求，无需询问或应答。一个手势的相和，一个眼神的同频，一瞬间的心动。谢谢你，我已全然懂得。

68

此刻，我自然知晓人生的真实。但十分抱歉，心爱的朋友，我既无法告诉你真实的内容，也无法告诉你真实的缘由。

69

一只蟋蟀，生于春，死于秋。生命于它，只有三季。一只蝉儿，生于夏，死于秋。生命于它，只有两季。一只蚍蜉，生于须臾之前，死于须臾之后。生命于它，只有一瞬。人的生命亦如斯呀，我的朋友。生于生，死于死。在历史长河中，不只是一朵浪花吗？在宇宙洪荒里，不只是一瞬光阴吗？

70

天女散花，只有寥寥数人抬起了头，看到了这绮丽、这神圣。多数人在低头赶路或辛苦劳作，那花瓣拂过了他们的鬓角，寂寥地落入泥土，渐无痕迹。

71

哲学发问，诗人回答。

72

暮色四合时，我常常默默不语。惆怅那么清晰地漫淫心头，为何惆怅却难以分辨。

73

我把我的身份证丢了，我竟无法证明我是我。我写出了我的名字，我袒露了我的面庞，我喊出了我的方音，我跳出了我的舞蹈，我拿出了我的拙作，甚至我裸出了我的思想。但是，警察先生，我为什么竟还不是我呢？

74

我是一个居于寻常巷陌的青衣白丁，像一棵树独自站立在秋风里。是的，一棵孤独的树，四傍无依。

75

那时没有年岁，没有玫瑰和天使，一切都在号叫和哭泣之前。那时天空和大海还未分开，山脉诞生的不知是男孩还是女孩。那时风只会梳理人们的长发，那时的石竹梦想着映红人的脸颊，那时的一切的一切，都是在身体、名字和时间之前。

76

我闭上眼，沉入思想的深处。我的思想闪着蓝色的微光，像秋风中摇曳的烛火。它又如流水，在夜、在梦、在地层中潜流。夜深沉，溶凝无隙，时光和水花汇成的歌，就在这夜里飘荡。

跋：竹香入酒赋新诗

生命如此令人惊诧！清晨第一缕阳光照耀这个我们生于斯、长于斯亦终将逝于斯的星球，松涛低吟，柳丝婆娑，虫鸣蛙鼓，兔走隼落；带露牡丹娇艳欲滴，含愁丁香惹人垂怜。所有的生命各依其序而又驰突奔竞，万千生灵应节而舞，界、门、纲、目、科、属、种在大化运行中如此和谐。整个世界明晰美丽，流畅丰富，生机勃勃。所有的生命都在呐喊，所有的生命都在歌唱！生命，让人不由去关注和研究，并从中获得和谐的心境和充盈的生命力。

在所有的生命中，人的生命是那抹最动人的色彩，是那缕最耀眼的光芒。人是万物之灵长。正是因为有了人生命的观照，才使这个世界更加缤纷多彩，才使同一轮明月照耀下的古人今人对时光流逝、人生短暂发出同样动人心旌的声声喟叹。

人的生命价值是这个世界上至高无上的价值。人的生命价值是价值问题的核心，是对人生命的深度追问和终极关怀。在一些文化语境里，只有人具有“神”性、“佛”性；而“上帝死了”之后，人更理所当然地成了这个世界的真正主人。

我有时试着想象自己摆脱自身，负手立于太空的某一角落，俯瞰这个蓝色星球的芸芸众生，欣赏那冷色的、意味深长的运动着的美，观察那生和死川流不息的合而分、分而合，遥看生命的嬗变升腾、变迁不居，指点那关乎生命的激动人心的价值求索激荡起的绚丽浪花。

人的生命价值应然如何？也许没有人能给出确切的答案，

我们都正走在“朝圣”的路上。这正是人生中最动人的地方。我深信：一切科学、哲学、信仰的东西，都由同一个共同的源泉哺育——对于未知事物的憧憬和心泉聆听的返回。我并不相信迷信意义上的灵魂不朽和具象化的万能上帝，也无法准确说出人的生命价值到底是什么，但我相信人生命价值的不朽和精神生命的永恒。于是，对于横倒斜歪在通向生命价值求索之途上的障碍物，我试图通过科学真理和生活经验的总括来清理；而对于远在前方的生命价值之鹄的，我试图通过哲学的沉思、审美的愉悦、灵性的震颤、信仰的笃定来触摸，试图以此走向一个明晰而和谐的思想世界。

在我们之前，一代代哲人接踵而来，送给我们思想的种子；我也努力摸索着去打开一扇又一扇通向生命价值的追寻之门，踏上幽暗魅惑、曲折连环的林间小径。我高擎生命中全部真善美圣凝聚而成的“阿拉丁神灯”，勇敢地做世人寻找生命幸福的向导。

作为一位起步较晚的生命教育学者（学者在此指的是“学习者”），我近年来从生存哲学、教育哲学、课堂教学、诗学等不同维度先后切入生命教育研究，叩问生命的价值和意义，溯源教育真蕴，寻求实践路径。在研究过程中，我感觉有些内容适合写成岩崖笋峙的高台讲章，于是我撰写《生命价值论》《审美生存论》《生命教育学》《生命课堂论》《生命教育诗学》等数十部著作；有些内容适合写成规范严整的学理短章，于是我在

《教育研究》《课程·教材·教法》《中国教育学刊》等期刊上发表了数十篇论文。但还有些内容似乎更像是生命教育研究过程中的吉光片羽，是“林间路”上散落的珍珠，是掩卷远望时的灵感造访。我习惯于把这些想法也写下来，有时写在一片纸上，有时写在胳膊、腿上，有时狠狠地在脑子里“过几遍电影”，一如李贺之故事，之后尽可能及时敲进电脑。这样的文字，我称之为“生命诗语”，并分别形成“生命诗语2005年卷”“生命诗语2006年卷”直至“生命诗语2019年卷”。2005年我开始使用个人电脑，近年更是笔记本电脑不离身，这些“诗语”因此得以记录下来，积年竟逾百万字；而2005年以前的“诗语”，数量还真是不少，但已全部散失。

生命诗语的发表和出版，原来一直没有提上日程。2018年7月我打篮球受伤，养伤时在根据生命诗语整理三部诗集，随后在教育科学出版社出版，分别是《有所思》《白衣醉》《马蹄错》，合起来组成《生命教育诗语》系列。中国教育学会名誉会长、北京师范大学资深教授顾明远先生和中国陶行知研究会会长、北京师范大学教授朱小蔓院士奖掖后学，视诗语为生命教育研究的重要成果，饱含深情地为我的系列诗语写下了两篇序文及推介语。顾先生是我的亲导师，朱先生是我的虽无导师之名但有导师之实的老师。河南大学年终绩效考核时，也视《生命教育诗语》为重要学术成果。我深为感动，深受鼓舞。检点积年所作，发现已出版的这三卷只是积年诗语之十一。2019年早春我再次打蓝球受伤，这次是跟腱断裂，伤情较重，那学期的课被迫请同学们退选了，病床临窗，正可从长计议撰文著书。于是，我闭门谢客（我未“双肩挑”，本来就门前冷落，所以谢客并无难度），集中整理生命诗语四组共十二卷，为了与已出版的《生命教育诗语》稍相区别，我将新书命名为《生命教育私语》《生命教育丝语》《生命教育释语》《生命教育思语》。这十二卷全都是以诗文的形式表达生命教育的学术致思。卷目为：

1. 生命教育诗语 卷一 有所思（小诗集）
2. 生命教育诗语 卷二 白衣醉（小诗集）
3. 生命教育诗语 卷三 马蹄错（歌词集）
4. 生命教育丝语 卷一 聆听（散文诗集）
5. 生命教育丝语 卷二 对话（散文诗集）
6. 生命教育丝语 卷三 同行（散文诗集）
7. 生命教育思语 卷一 门卫三问宜深思（哲学卷）
8. 生命教育思语 卷二 大象无形课堂里（教育卷）
9. 生命教育思语 卷三 书生报国一支笔（生活卷）
10. 生命教育释语 卷一 山居
11. 生命教育释语 卷二 田园
12. 生命教育释语 卷三 江南
13. 生命教育私语 卷一 吉光片羽圆旧梦（小诗集）
14. 生命教育私语 卷二 林间自是少人行（学术随笔集）
15. 生命教育私语 卷三 多少楼台烟雨中（生活随笔集）

我平日的工作和爱好没有严格的界线，工作即爱好，爱好即工作。我北京师范大学博士后导师顾明远先生说，教育的本质是生命教育；我华中师范大学博士后导师及高访合作导师周洪宇先生说，生活·实践教育是教育的真蕴。据学生浅见，无论是顾先生团队起草并纳入《国家中长期教育改革和发展规划纲要（2010—2020年）》的“生命教育”，还是周先生沿夸美纽斯、斯宾塞、卢梭、杜威、陶行知一路走来提出的“生活·实践教育学”，还是华东师范大学叶澜先生及其高足李政涛等提出的“生命·实践教育”，南京师范大学朱小蔓先生提出的“生命—情感教育”，均直指人的“life”。“北顾、中周、东叶、南朱”以及朱永新、刘济良、冯建军、刘铁芳、王鉴、刘慧、张文质、肖川诸君子的相关研究，异曲同工，殊途同归，各臻其美、美美相应。这构成中国教育跃升的强大动力。而我理解广义的“life education”其实也包括诗意栖居——我平时受邀讲学最常被点将的题目正是“诗意栖居于教育生活”。个人浅见，诗意栖居应成为生命教育的寻常生活贯彻，生命诗语应成为生命教育的重要表达方式，登临送目、诗书吟啸、酱醋琴棋、饮啄笑傲，无一事不关联生命教育，无一处不寄寓生命情怀。

无论“诗语”“思语”“丝语”还是“释语”“私语”，都是从我每天写作的“生命诗语”中辑录出来的，都是我对生命教育的真情实感之表达。其中《生命教育诗语》三卷之《有所思》《白衣醉》《马蹄错》书名由导师顾先生亲自题写。先生书风入于颜平原之浑厚博大、字势开阔，出乎唐六如之妍美流畅、气韵天成。铁画银钩，人书俱老，瞻之令人肃然起敬。另外十二卷一并付梓，新体诗文各卷由书法家冯明威老师题写，格律诗词各卷由书法家韩云老师题写。冯老师行书平和雍容、冲虚散淡，韩老师隶书古朴凝重、清雅俊逸，二君子书法均落笔有绪，灵气扑面，妙笔生华，令人好生喜欢。

我学习格律诗词有年，习作近万首（阕），虑及格与律诸般要求，故少有格律诗词发表、出版。自2009年至今，指导我格律诗词学习和创作的老师有三位：第一位是台北的吕慧薇，网名婵娟；第二位是福建的罗增富，网名三少爷的微笑；第三位是上海的王轶君，网名雅典娜。在《生命教育诗语》跋中，我误将吕老师的名字写成了李慧薇，在此纠正并向吕老师致歉。吕老师的台式"国语"燕语莺声，动听而难辨，我竟未听出吕、李之别。他仨比我年龄小很多，但在格律诗词及楹联方面皆是奇才，堪为吾师。"吾师道也，夫庸知其年之先后生于吾乎？"三位老师本来只教我格律诗词和楹联创作，但这次除对我创作的格律诗词联推敲斟酌之外，还对我以白话表达的诗语倾情倾力予以雅正，常常焚膏继晷，以至于衣带渐宽。

十五卷诗语插图数百幅。这些插图有的来自我求学和奉职的单位——信阳师范学院（学士）、河南大学（硕士、博士后及奉职）、北京交通大学（博士）、北京师范大学（博士及博士后研究）、华中师范大学（博士后及高访）、洛阳师范学院（河洛

学者特聘教授）；有的来自文朋诗侣旅友所赐摄影作品，其中，北京汉服公司“如梦霓裳”（创始人为我的词友月怀玉）和郑州“最美瑜伽庄园”（创始人为我的瑜伽师父韩雨欣）提供了很多精美的图片；还有一些图片是我家的积年照片。

更应感谢此刻阅读本书的您。我研究生命教育，深知对于一名学者而言，读者就是他的上帝，对读者我从心眼里尊崇和感恩。一桌饭菜好不好吃，美食家的评判固然也重要，但更重要的还是食客的意见。对于“上帝”怎可轻忽？生命诗语撰稿之时，指尖流水，文思泉涌，在思想的王国里淋漓醉墨、纵横恣肆；整理成书之际，却是战战兢兢地反复推敲，大改者九，小改者百，只恐谬种流传，贻笑大方。初始临窗整理诗卷之时，飞雪弥空、琼瑶满地，此日徘徊小径，竟已榴红照眼、枇杷果熟，时光匆匆，太匆匆！

书稿既成，振袂长啸。是时斋外有庭，庭中有竹，竹边石几一条，几上清酒一觥，竹香入酒，诗意氤氲。灵犀相通的朋友啊，不知您此刻身在何方？您若与我同代，请莅临寒斋把酒言欢，可好？您若千百年后才在故纸堆中偶遇此卷，则我已成古人。穿过岁月风烟，字里行间还觉心跳滚烫吗？石上酒杯仍留竹香如许吗？

（签名）
2019 年 6 月 1 日

王定功“生命诗语”系列

生命教育诗语

◎ 有所思

◎ 白衣醉

◎ 马蹄错

生命教育丝语

◎ 聆听

◎ 对话

◎ 同行

生命教育思语

◎ 门卫三问宜深思

◎ 大象无形课堂里

◎ 书生报国一支笔

生命教育释语

◎ 山居

◎ 田园

◎ 江南

生命教育私语

◎ 吉光片羽圆旧梦

◎ 林间自是少人行

◎ 多少楼台烟雨中

教育的本质是生命教育

丙申初冬　顾明远书

国家社科基金（教育学）一般项目
“生命教育学学科建构研究”（BAA140017）

生命教育丝语

同行

王定功 著

科学出版社
北京

图书在版编目（CIP）数据

生命教育丝语. 同行 / 王定功著. 一北京：科学出版社，2019.8
ISBN 978-7-03-062226-6
Ⅰ.①生… Ⅱ.①王… Ⅲ.① 诗集-中国-当代 Ⅳ.①I227
中国版本图书馆CIP数据核字（2019）第188304号

责任编辑：付 艳 / 责任校对：王晓茜
责任印制：徐晓晨 / 封面设计：铭轩堂
编辑部电话：010-64033934
E-mail：edu_psy@mail.sciencep.com

科学出版社 出版
北京东黄城根北街16号
邮政编码：100717
http://www.sciencep.com
北京虎彩文化传播有限公司印刷
科学出版社发行 各地新华书店经销
*
2019年8月第 一 版 开本：720×1000 B5
2021年1月第二次印刷 印张：9 3/4
字数：105 000

定价：168.00元（全三册）
（如有印装质量问题，我社负责调换）

序一：人生如诗

我不是诗人，也很少写诗文，但觉得人生如诗，人总是生活在诗境中。诗是人的心声，是时代的心声，更是民族的心声。可以说，一个民族没有自己的诗歌，这个民族就不复存在。我们每一个人都离不开民族的情怀、时代的气氛，都会有个人的悲欢离合。一般人只能用表情、语言、行为来表达。诗人能够把这些情怀、气氛、悲欢离合用诗歌的形式表达出来。

教育其实也是一首诗。教育的本质就是提高人的生命质量和生命价值。提高生命质量是使人的生命更精彩；提高生命价值是使人能为所有生命做贡献。"为天地立心，为生民立命，为往圣继绝学，为万世开太平"，就是生命的价值。教育就是生命发展成长的诗。

王定功提倡生命教育，不仅著有理论著作、实验教材，还用诗语来抒发他对生命教育的情怀。实在难能可贵。我不懂诗，应他要求，我为这三册书写几句话，是为序。

顾明远

北京师范大学英东楼

（顾明远，中国教育学会名誉会长、国家教育咨询委员会委员、北京师范大学资深教授）

序二：生命教育的诗意言说

广义的生命教育的源头，可以追溯到孔子和苏格拉底的时代，千载绵延，代代损益，薪尽火传，生生不息。孔门弦歌施教，“浴于沂，风乎舞雩，咏而归”描绘的不正是生命教育的唯美情景吗？苏格拉底一袭敝袍赤脚站在雅典街头用“助产术”指导雅典青年，柏拉图降尊纡贵追随寒门老师，亚里士多德与逍遥学派师生漫步苹果园纵论天下大事，不也正是生命在场的教育故事吗？一定意义上说，一部中西方教育史不过是生命教育与非生命教育在不同时空的对垒、演变与抗衡。在我们看来，不断健全完善的生命教育才是真正的教育。

现代意义上的生命教育大致始于20世纪初，美国哲学家、教育家杜威教授提出了系统的实用主义理论，其中“从做中学”的系列观点就包含着杜威的“生命整体存在论”、“经验方法”及“探求逻辑”等诸多关乎教育当事人生命发展的观点。陶行知先生是中国现代意义上的生命教育研究和实践的首倡者。20世纪初，陶先生师从杜威教授，1917年学成归国，在国内首倡“life education”，直到1946年辞世，他将全部精力投入其中。但出于种种考虑，先生当时并未将其翻译成“生命教育”，而是翻译成“生活教育”，他的思想也被后来的研究者们概括为“生活教育理论”。其实，无论“生命”还是“生活”，在英文语境里大致都表述为“life”，在汉语中“生活”也无异于“生命”的展开过程，从来也没有外在于“生活”的“生命”。深味陶先生生活教育理论，其间所包含的生存教育、健康教育、养生教

育、社会责任教育、完满人格教育、终生教育等思想，无不折射着生命教育的理论光辉。杜威教授提出“学校即社会”，试图吸收社会的所有方面并将其融入一所小小的学校；陶先生提出“社会即学校”，寻求的是将学校的所有方面延伸到大千世界。杜威教授提出“教育即生活”，主张“做中学”；陶先生提出“生活即教育”，主张“教学做合一”。陶先生提倡教师“千教万教教人学真”，提倡学生“千学万学学做真人”，直接触摸到师生生命发展的脉搏。在《从烧煤炉谈到教育》一文中，陶先生满怀深情地写道：“教育的使命是什么？不是放茅草火！不是灭茅草火！是要依着烧煤的过程点着生命之火焰，放出生命之光明。中国教育的使命，是要依着烧煤的过程点着中华民族之火焰，放出中华民族生命之光明。”

20世纪末21世纪初，生命教育在我国渐渐热了起来。生命教育本应有许多切入维度，也可有不同称谓，但其思想主旨相同或相近。国外如此，国内亦如此。我看重并倡导的生命教育突出了情感教育这一方面，1990年起不断强调情绪情感是生命的基本表征，是生命的重要机制以及一个人生命素质的“内质性”保障。我以此为学术基础和教育理念，分别在供职南京师范大学、原中央教育科学研究所以及担任中国陶行知研究会会长期间，以很大的热情推动生命教育的研究、实验与普及（包括宽泛和专指意义的）。我的第一位博士生刘次林1997年撰写“幸福教育论”，我的另一名博士生刘慧2000年撰写“生命德育

论”，后来不断有博士生的论文选题都与“情感—生命”的基本概念、命题相关。与此同时，叶澜先生提出“让课堂充满生命的活力”，创立了“生命•实践”教育学派，与她团队的李政涛、李家成、卜玉华等学者把生命教育研究与中小学教学实践做了很好的对接。朱永新先生提出“新教育”，主张“聆听窗外的声音”，推动构建书香校园。周洪宇先生发起“阳光教育”实验，生活•实践教育学派与生活•实践教育学学科呼之欲出。刘济良试图构建“生命教育论”的理论体系，刘志军、王北生、李桂荣的研究指向生命教育的视域扩展和校园关涉。张文质、冯建军、石中英、黄克剑等提出“生命化教育”。王鉴、夏晋祥等提出构建生命课堂的思想。刘铁芳、肖川、郑晓江、欧阳康、何仁富、汪丽华、赵丹妮、袁卫星以及港台地区的孙效智、纪洁芳、钮则诚、林绮云、吴庶深、张淑美、郑汉文、汤锦波、何荣汉等学者也从不同维度对生命教育进行了深刻的研究，提出了一系列有价值的思想。

中华大地，藏龙卧虎；十步之内，必有芳草。各地学者和一线教师对生命教育的研究和实验风起云涌，怒涛排壑；千帆竞发，百舸争流。这一切必将载入中国生命教育的发展史册。顾明远先生提出“教育的本质是生命教育”。教育的变革和发展永无止境，对生命教育的探索和践履也永不停歇。

生命教育的研究和表述可以有也应该有多种维度。王定功博士试图从诗学的角度切入生命教育，以诗歌的语言对生命教

育进行表达，这是一件十分值得鼓励的事情。

王定功博士是我国生命教育研究团队中的一名重要学者。他是著名教育家顾明远先生指导的博士后，我愿意视他为同侪和知音。在首都师范大学儿童道德与生命教育研究中心成立大会上，我与定功博士首次相遇，那天我做了一个关于陶行知生命教育思想的演讲。而首都师大新成立的这个中心，其主任是由我指导的博士生刘慧担任的，当时她已是初等教育学院的副院长、教授、博士生导师。午餐时定功博士与我相邻而坐。那段时间我的健康状况不是很好，定功博士不知怎么就看出来了，他关切地建议我“枬红荻白，云肥风瘦，正是中秋时节，建议先生出去走走，比闷在家里的好”。他穿着虽稍稍寒素，但谦和温文、儒雅脱俗，简直像是从唐宋穿越而来！

我慢慢了解到，王定功博士是一名厚积薄发、大器晚成的学者。他曾做过16年的中小学教师、教育行政官员。2007年，他赴北京师范大学教育学部教育学原理博士课程班学习；2008年，他考入北京交通大学人文学院，师从哲学家路日亮教授攻读博士学位；2011年，他又进入了北京师范大学教育学部博士后流动站，师从著名教育家顾明远先生从事博士后研究。近几年，定功博士十分专注地进行生命教育的研究和教学，先后从不同维度向生命教育“包抄”过去，对生命教育的源与流、理论与实践都“弄弄清楚”（顾明远先生语），为中国内地方兴未艾的生命教育提供助力。

王定功博士于2011年在上海交通大学出版社出版专著《青少年生命教育国际观察》，这部书被《中国教育报》评为“2011年影响中国教师的100本图书”之一；2012年在上海交通大学出版社出版专著《青少年道德教育国际观察》，这部书使作者进入“上海交通大学出版社建社30周年作者墙”；2013年在教育科学出版社出版专著《生命价值论》，这部书被评为河南省2014年教育科学研究优秀成果奖特等奖和2016年第五届全国教育科学研究优秀成果奖三等奖。他独著及担任第一作者的著作、教材已见书34部，包括此次积十数年功力整理推出的《生命教育诗语》《生命教育丝语》《生命教育思语》《生命教育私语》《生命教育释语》共十余部。按这样趋势看，著述等身于定功而言并非夸张。这些著作是一脉相承的，即分别从生存哲学、教育哲学、课堂教学、诗学等不同维度切入生命教育，体现出一名睿智学者的学术自觉。

王定功博士在学术上具有多方面的兴趣和成就。最难得的是，在生活中他洁身自好，对真、善、美、圣有着虔诚的信仰和坚定的追求，不啻“浊世佳公子，翩翩一书生”。尤其是他在科研合作中低调从容，“重言勿泄，少任敢专”，“重情重义，生死相许”（台湾同行纪洁芳教授语）。江西师范大学生命教育研究专家郑晓江教授辞世，定功独坐书窗三天不食不语，那段时间他的QQ签名也换成了“愿我的死，换他的生”。而他俩见面不过三次而已！

承蒙不弃，定功将“生命诗语”各个系列均送我审读。由于健康的原因，我时断时续地阅读，读得不多，但越读越喜欢。“生命诗语”以一种生命共同体的视角直面“天地人神四方共舞”的世界，歌咏自然万物，赞美成长着的事物，吟唱人间的美好情感，探问生死哲思理路，展示书生报国情怀，褒扬真善美圣，表达生命教育的学术致思。若用一句话评价“生命诗语”，那就是：天地人心的深情探问，生命教育的诗意言说。

其实，生命教育关乎每一个人，每一个人都在用自己的方式践行生命教育，发出生命诗语。我本人自1986年进入道德情感、情感教育研究之后，便对情感与道德、情感与生命的关系越来越敏感和在意。用情感——生命之“眼”去看教育、观道德教育、做教育研究竟成了我的个人学术偏好。回想自己从40岁起，就有不同的肿瘤疾患不断来袭，饱尝了大手术和化疗之苦。可以说，30年来如何对待生命，如何处理生命与工作的关系，一直是我个人真切的人生课题。生命之脆弱与生命之坚韧这相左相反、交相混合、反反复复的复杂情绪感受总是随着身体状况的起落变化，每每考验着自己最真实而无法逃避的生命态度。我似乎是懂得了生命实在值得珍惜，的确应当珍爱生命！可珍爱生命并不是惧怕死亡，也不一定真能做到不惧怕死亡。自觉的死亡教育在我们这里还是十分缺失的。癌症给人带来的不只是痛苦——尽管那痛苦常如剜心蚀骨，它还会让人零距离地直面生死大限，思考“生从何来，死向何去，我是谁”

的问题，思考如何把握生命每一天，把最值得做的事情做好，尽最大努力提高生命的质量（肉身的与精神的）。因此我特别感谢生命教育和现代医疗，前者给了我对生命的认知和勇气，后者给了我身体有效的疗救和保护。不久前，我又度过一次生命危机，现在出院了，重新走在阳光下，坐在书斋里，享受生活的馈赠。

恰逢此时，看到王定功博士奉献生命教育大作，捧读、吟哦“生命诗语”，是一件令人愉悦的事情。天地春回，鸟儿叩窗，丁香快要开放了吧？我从心底里感恩生命，感恩所有热心生命教育、给无数人们带来生命智慧和力量的人。

斯为序。

朱小蔓

南京师范大学随园

（朱小蔓，中国陶行知研究会会长、俄罗斯教育科学院外籍院士、北京师范大学教授，曾任南京师范大学副校长、原中央教育科学研究所所长兼党委书记）

目录

MULU

新月镰纤，微笑不语，清光里闪烁着上天的神秘。孩子凝望着自己的母亲，母亲凝望着自己的孩子，那凝望里闪烁着爱的神秘。

——题记

镰纤集

1

新月镰纤，微笑不语，清光里闪烁着上天的神秘。孩子凝望着自己的母亲，母亲凝望着自己的孩子，那凝望里闪烁着爱的神秘。

2

母亲，您是否听懂了我的声音？我的啼哭里，包含对生与死的无解；我的嬉笑里，透露着情与爱的无限。

3

母亲，请您允许我赤足站在春雨中，抿着青紫的唇，惊诧地看着那从玫瑰，在迷蒙的烟雨里分明地绽放。

4

孩子，不要疯狂地抽打你的马。应俯首与它商量，再踏上长远的路。

5

母亲，请许我跳跃在春天的田野。清晨的路，骀荡的风，无羁的心情。

6

母亲，我要整天坐在苹果树下，等待苹果再来一次伟大的坠落。

7

孩子，莫怪母亲小鸟儿般“啄”你，只因这浓得化不开的爱意呀，正要决堤。

8

孩子，不求天天月圆，纤纤新月正好。而月圆之后，便要一日一日地亏减了。

9

孩童，你虽然柔弱，却是真实地成长着的。而所谓的坚强，正悲叹着它的老朽。

10

母亲，不要责怪我徘徊，徜徉在偌大的林园，对着雾中那些虚无缥缈的花，喃喃自语一些莫名其妙的诗句。

11

母亲，我要睡去了。梦中的自己，才是更真实的。

12

孩子在母亲的怀里，母亲在长着芳草的庭院里，庭院在无边的春风里，春风在这充满爱的天地里。

13

孩子，你为何托腮，托腮向窗外凝望？不要忧愁外面的风雨。你听那风中的花吟，你看那雨中的树摇。

14

孩子，许你随意打滚，一如小马初来郊野见了青草；许你随意歌唱，一如小鸟探出春深的枝头；许你奔跑在天地之间，一如这原上的风无拘无束啊！

15

杂技中的孩童，人们只喝彩表演的惊险刺激，而我却只是叹息，只是流泪。

16

母亲，我怕长大，又想长大。外面的风雨，会击打我的翅膀。千山万水，需要我独自掠过。但是，心爱的母亲，我终究要成长，独自飞向远方。谁曾见长大的鸟儿，还留恋它的巢窠？深远的蓝天，正期待强劲的翅膀！

17

母亲，我不愿寻愁觅恨。您带我拾级层楼吧。看那漠漠平林之中，正有通向远方的路。

18

母亲，请您不要拉扯我，让我自己站起来。我要在每一个跌倒的地方，竖起前进的路标。

19

凡是种子，终会萌发。凡是飞鸟，终会振翅。凡是树，终会站成挺立的风姿。凡是人，终不会无端堕落。孩子，请擦干你眼角的泪珠勇敢前行，哪怕前路漫长。走出林翳，终见天光。

20

来，孩子！一起走在秋风里。听一枚落叶的悲叹，看秋蝶旋舞着谢幕。

来，孩子！一起走在秋风里。让秋水纯洁你的心扉，让秋意洗去胸中的懊恼。

来，孩子！一起走在秋风里，稍候会飘来冬天第一片雪花，那是来年春的使者。

21

帆影点点，江山青青，孩子，整好你的行装，恰在春风里启程。

22

茶杯犬，你这小不点儿，我可不怕你的恐吓！一朵花儿的开放，就可容你捉迷藏吧？

23

生命一如春天丰赡。看那微风吹拂，看那阳光灿烂，看那千草竞发，看那万花吐艳。再见了，心爱的母亲！我已长大，要负笈远行，去探寻外面的世界。

24

晨星在东天，诉说自己的寂寥。我恰在此时醒来，迎接第一缕阳光。

25

我看到了，什么是爱的无限。晨风浮沉TA的消息，晨露无意间流泻TA的神秘。孩童仰起的小脸儿，母亲低下的眼睫……爱的无限，恰在那里经过。

26

一窗阳光晃得人睁不开眼，母亲在打着瞌睡。贪玩的孩子，在丁香花丛里隐映。

27

尿泥儿和糖子儿间，弥漫着大人们求之不得的幸福时光，眼眸流盼着大人们装扮不出的天真无邪，随口就能吟唱大人们做梦都想不出来的曲调，随意就蹦跳在大人们早已失落遗忘的神秘花园。

28

心爱的母亲，不要因为我嬉闹而生气和责罚，不要指望我像木头一样一动不动。嬉闹本来就是天使的本性，我也是如此呀。木然不动是泥偶的姿态。解开你的绳缚吧，让我跑进花园和草地，在天地之间欢唱。

29

孩子，你兴冲冲地奔跑在天地之间。蚂蚁列队，蚱蜢传令，云水峰壑一体凛遵，林木花草鼓呼相迎。你是尘世里真正的天使！

30

孩子，你赤脚走在天地之间。青草铺地，鲜花簇拥，果儿招手，蜂蝶飞旋，鱼儿穿梭，舟儿自横。所有生命都会为你引路，整个世界都会把你当作密友。

31

孩子，想哭就哭，想笑就笑吧。在我的眼里，你的哭声恰如黄河的怒吼，波涛穿越崇山峻岭，狂飙盘旋着绕过万千村庄。你的嬉笑赛过天使的歌声，摇床里感受风外婆的抚弄，和平鸽展翅飞向苍冥。

32

孩子，你摇着小手儿，扑进我的怀抱。世界上最重要的事，就是接纳的痴缠。你仰着粉嘟嘟的小脸，嬉笑晏晏。在我的眼里，世界上最美妙的事，就是亲吻你红润的脸蛋儿。你的双眸在我的眼里比黑葡萄还美，比得上天上最美的星星，也赛过世上最美的珍珠。当你落泪，我的孩子，母亲的心，一片片，与你的泪珠一起碎了。

33

谢谢您，母亲！您只爱怜四溢地微笑或者叹息，却从未有过嗔怪或生气。您给了我一颗自由的心，还给我青山和绿水，云霞和虹霓，并许我的精神，在天地间独来独往，在清风明月下自由呼吸。

34

母亲，我已长大，要离开您的怀抱，奋勇前行！人生并未预先划界，前方有期待之外的风景。林中路蜿蜒曲折，前路也永在变动。我一生都会在风景中向前，终将成为母亲眼里最伟大的风景！

35

朝阳啊，已不是昨天黄昏的那轮白日。你看万顷碧波之上，云蒸霞蔚之间，那无边的清新，无比的亮丽。

36

严寒对大地说，须臣服于他的威严。春风一语不发，裙裾一摆，解放了万水千山。

37

春姑娘啊，请告诉我，你哪儿来的巨力，顷刻间把山川染绿，让江河欢唱。

38

榕树的枝对根说：谢谢您的抚育，我已长大，将自己吸取空气的营养，与您共同生活在多风多雨的季节。

39

新月，一轮一轮地丰满了。而圆月呢，又一轮一轮地瘦损了。

40

柔弱的小草呀，暴风雨来临时，我多么为你担心。可雨后天晴，你却生机勃勃，青翠喜人。

41

风儿轻抚草的茸尖，月儿曼笼林的朦胧。而花儿呢，则映着我心爱的母亲的脸庞。

42

谁曾见，无花果的花儿？只可品尝，果实的清甜。

43

窗外的风雨来了，燕儿飞回了梁间。抱歉，母亲，我在外边流浪，惹您担心了。

44

造物主已厌倦宏大的叙事了。他俯下身，看一位男孩帮一群蚂蚁绕过泼翻的水洼。他微笑着，看一位女孩提起画笔第一次涂鸦。

45

孩子，请拭干忧伤的泪水，在清晨的天光下，走上新辟的路。

46

雷鸣，海啸，黄钟，大吕，我却只厌它们的嘈杂。真正美妙的音乐，恰在于小草的摇曳、竹香的流淌和孩子的欢笑。

47

我的儿子，你的眼中闪烁着奇异的光芒，充满柔情。你的心柔嫩，温存，悦纳一切人、一切事。奇怪，你曾经成日里要蛮充愣、跌跌撞撞、疯疯癫癫，现在为何这样文静？似乎是清晨的曦光浸入了你的眼睛，那黑夜里的一切星辰顿时消隐。似乎是黄昏的落日戮杀了你身内的恶龙，你在新的天地找到了自我。是不是上苍垂怜，将你脱胎换骨？你真的是那个曾经桀骜不驯的不良少年吗？难不成是你故意地表现，将一个诗剧的角色扮演？

48

自然给了我一粒快乐的种子，我小心种植在自己的心田。终日照料，夜夜相伴，只为它能开出最美的花朵。

49

噢，我知道了：是圣灵临在，使你变得纯洁；是爱滋润，使你的心变成洁净祭坛；是那位清纯女子的牵手，从黑暗的地狱中拯救了你的心，又在黎明的天光云影中涤净。我震惊地看着你：嘴角挂着一抹甜蜜的微笑，两眼泪花闪闪，周遭闪耀一轮爱的光环。

50

驰突奔竞、无暇停下的世人啊，我该怎样向您说这些事情？您怎会明白那小花的绮丽无比？

51

孩子，不要指望能站在筐中提起自己。瞧，你已累红了脸，累酸了臂，徒惹别人耻笑，而使亲人怜惜。

52

我惊叹那原始的纯洁无瑕，为何导致后来的堕落腐化。那原初的崇高完美，正宜你我追溯复归。不信请看春晨里浥露的新芽，不信请看孩童哭泣的眼睛。

53

我的孩子啊，你可以进入我的书房，你可以翻看我的作品。但要小心，莫碰伤那字行间的思想。

54

年轻人，不要怪罪蔷薇的细刺，刺伤你的手和足。因为欢乐，常常伴随痛苦的左右。

55

孩子，寂寥的黄昏里，你在何处彷徨？漫地的秋风中，你在何处流浪？

56

孩子，宇宙本是黑暗的，是爱使它熠熠生辉的呀。

57

孩子，我无法给你我的思想，只能指示满身的伤痕和来时的险径。

58

月下久立，清露侵衣，馨香破了岑寂。我听到了花的初开，风的悲泣。

59

春寒料峭，风雨逼人。孤单的少年，赤着足，披着簑，每日去等候芍药花开。

60

谁在月下吹笛，告诉杏花开放的消息。樽酒且斟满吧，青春易逝！

61

轻舟短棹，烟柳花桥，歌声应和。春野只合少年人！

62

微风送来花的香，鸟儿在林间穿梭。新月升到柳枝上，光景挑逗着诗人的笔。

63

来！一起开怀畅饮。我已将冠冕掷于草间，马儿已喂饱，金饰马鞍也已装上。荣光在后，前路正远。

64

孩子，请不要在深夜的林边哭泣。须知让你后悔至极的事情，都是当初你自己的选择。你拥有了选择的自由，也须承担选择的后果。若有可能，不如断然退回岔口，重选路径；若还可以，尽可奋勇冲破黑夜，抵达黎明。

65

少年对花儿说：让我怜惜你吧？花儿闭合了。少年叹息着走开，一阵阵相约，花儿开放了。

66

我的孩子，你的骄傲如此令人怜惜。你走过权贵的朱门掉头不顾，却与乞儿称兄道弟。

67

小草呀，我从未轻忽你的平凡。因为在浩瀚的时空里，我也不过如此呀。

68

孩子，你为何独立窗前，如此怅惘？抬眼望一望吧，孩子，看春色凝碧，听秋声如波，大千世界正为你展开恢宏画布，等你秉笔描绘壮丽篇章！

69

清晨，天地还在梦中呢。谁家的孩子与他的狗已来南坡？兀自惊碎蒺藜花上的露珠。黄昏，炊烟摇荡村南的树。母亲的呼唤隐约，星月渐亮了，狗也已饿了。谁家的孩子还在南坡，赤脚玩耍？

70

雄健者，同样可以柔情款款，不信请看扫过青草的风雨。温柔者，同样可以坚忍顽强，不信请看风雨扫过的青草。

71

孩子，请不要送花给我。花儿包束停当，已经注定结果。让她摇曳在枝上吧，我更好地欣赏她的好。不要让她在我的眼前凋谢，不要引我在晨光晚风中泪落。

72

前路的尽头，正是峰回路转。极度的危难，马上转危为安。我的朋友，请莫泪水涟涟。风雨过后，须是丽日晴天，秋风落叶，也不要悲叹。明年燕子回时，春光依旧烂漫。

73

嘘，声儿微微；嘘，脚步轻轻。莫只贪看那稚幼的笑靥，莫惊醒孩子的甜梦，在梦里有云彩漫天流走，那流云之下有仙野芳踪。那仙野之上有繁花竞秀，那花甸之旁有溪水淙淙。

74

我的孩子，好好睡吧，爸爸关上门走到尘世中。是爱让我奋然前行，困难只会换来我更大的勇猛。我的孩子，你且好好安睡。等你长大了也背上箭和弓，前路引导你走得更远，风雨只会使你的臂膀更硬。嘘，还早呢。现在才只是一个孩婴。婴孩只宜甜美地微笑吧，微笑着安睡在甜美的梦中。

75

我的父亲最牵挂的人，是我的儿子；我的儿子最牵挂的人，是我的父亲。我的父亲走在返乡的路上，回眸远眺我的儿子；我的儿子走在远征的路上，回眸远眺我的父亲。父亲的故乡，充塞苍苍茫茫的往事；儿子的征途，流溢五彩斑斓的希望。父亲啊，您曾经也是一位高歌猛进的青葱少年；儿子啊，你终将也会像爷爷那样告老返乡。

76

我的朋友，你自认渺小，我觉你伟大。你自认卑贱，我觉你尊贵。你自觉低下，我觉你崇高。你自觉孱弱，我觉你刚强。你悲叹着，从悬崖跌落山谷。我却回头，仰视膜拜你曾登临的山峰！

77

大地在初春的晨光里苏醒，春风鼓荡，生机无限。爱情穿着的衣衫，柔美赛过鲜花的芳香，温顺胜过湖边的柔枝。睿智站在十字街头，轻声召唤我们近前，它擦亮我们的双眼，充实我们的心田。自由邀请我们赴宴，那美酒虽不浓烈，但清醇、甘甜。自然向我们伸出友好的手，邀我们从拥护的城市来到田野、水边。真情到来，孩子们欢跳，情人们亲吻，衰弱的老人扶杖轻叹。啊，我的朋友，生活如此可爱，它就在我们伸手可及的身边。

78

小蜜蜂，你早呀！清早你就起床，在椽木下搭起精巧房舍，采来百花的甘露共享。艳阳下跳起美妙的舞蹈，春风中闪烁漫天的金光，之后在风雨的摇荡中入眠，醒来时已是隔世的时光。

79

割草归来，细雨蒙蒙，路旁小花含露展颜向我微笑。野花呀，你像点点的星星闪在夜空，又像遗失的珍珠撒在草丛。你没有海棠绮丽的花朵，也没有牡丹娇艳的面容，纤纤的叶，点点的花，若有若无的香。我的小诗，也像无名的小花，随着早春的风雨，点缀寂寥的人间……

80

我带着幻影和绮梦，撑开一只小船，匆忙扬帆启航。我不知道该向哪个方向，该去拜访谁。就这样在蓝天下的碧水间荡漾。阳光的瀑布洗黑了我的面庞，风是我的纤夫。深夜降临，当繁星呼唤时，我驶入星河的港湾。白天来临，羲和却失约了，这时海洋挤破冰山，碰击着，轰鸣着，雷公电母一起高叫！

81

小船呀，你能否告诉我，咱们这就是要到哪儿去呀？水是这样的无边，宇宙是这样的无垠，时光无止无休！不如归来，回到家乡，回到母亲的身旁。就用麦秸织成金色的摇篮童车，把我受伤的心安顿在里边。时间问候空间，母亲与孩子泪眼相视，有限与无限握手言和，童车滚过野菊花和迷迭香的草间，蟋蟀鼓弦迎讶。孩子在唱着一支童谣，这童谣虽然稚嫩，却能与天地人神和鸣。

82

我愿做卑微的小草，春风来时，应节而舞。冬雪覆盖时，在地底怀着热血。暴雨倾盆时，我挺立大笑。夜深了，人远了，我孤独地仰望明亮的星斗。

83

春风吹拂我的脸，我感恩这春天的温暖。夏雨冲洗我的身，我感恩夏天的激越。秋光透过书窗照耀我摇曳的诗笔，我感恩她赐我的灵感。而在冬夜呢，我拥着被褥，聆听四野天籁，此时我更感恩，感恩我走过又一个四季。

柳梢上，一镰新月升起来。心爱的，你着一袭长裙，分花拂柳，走来人间。

——题记

拂柳集

1

柳梢上，一镰新月升起来。心爱的，你着一袭长裙，分花拂柳，走来人间。

2

在清晨醒来，一窗阳光，四林鸟声。是谁踏着晨露轻叩我的窗？红红的玫瑰来自谁的手儿？举目望去，一条小径穿过庭院的草坪，伸向幽深的林中。哎，莫非又是一个绮梦吗！

3

送花的人儿啊，你踏碎了多少晨露！只为在我醒来之前，用花朵和嫩枝，为我装点一个座位吗？可我怎么从未见到你。每次醒来，只听到一声叹息，随着风儿鼓起的裙角，一并消失于远处的林径。

4

谁在叹息？谁在低语？繁花密叶间吹来神秘的风。一霎轻颤的缭乱拂过我的心，花瓣惊惶地四处飘散。我愕然四顾，只瞥见一角蓝裙，飘过玫瑰花丛，不知去处。

5

放飞一只白鸽，每天轻叩你的窗棂。送一缕阳光、一份思念、一声祝福，让你在爱怜四溢的目光中，亭亭玉立。

6

心爱的，请许我——用朴拙的芦笛，羞赧地吐露滚烫的心扉。

7

心爱的，约会的时间到了！请你不要把时间浪掷于无谓的梳妆。我看你清亮的眼眸，正像那天际的星子；你窈窕的身姿，正像南塘的垂柳；你自然的纯真，胜过一切的修饰。

8

轻云笼月，风动林梢。我的长篙，何时漫溯进你心里的柔波？

9

樱桃红了，芭蕉绿了。春深的林海里，愁坏了怀春的姑娘，钟情的少年。

10

湖畔柳荫，谁家的少年吟哦？月下花丛，谁家的女儿徘徊？

11

江南无边的春色，思念如酒。黄衫少女，俏生生地倚着栀子树。

12

你何用吟诗呢，心爱的？衣裙飘飘，回眸浅笑。这就是诗了！

13

花香氤氲，柳意妖娆。心爱的，我的兰舟，何时驶进你的心海？

14

你是那株开满白花的栀子树，每日静候在我必经的路口。我要摘下那洁白的花儿，并体察花的念想，花的情意。在我倦累的时候，为我送来馨香和安慰。

15

杏花飘落，游人阡陌。最是那位少年，诗书漫卷，白衣胜雪，回身时那抹微笑，让姑娘怦然心动了。

16

明湖上，晚晴天，谁在放歌？林下的姑娘，你为何突遮赧颜？

17

姑娘在林中摆弄相机。小伙儿在林中寻诗觅句。在姑娘的照片里，小伙儿就是那首诗。在小伙儿的诗文中，姑娘就是那帧美照。

18

心爱的，我的笛在月下吹彻。春日的杏子林，只应随意歌唱啊。

19

请不要这样掉头而去，心爱的！因果反复，斯世堪怜；痴爱未及，人生苦短！

20

心爱的，真的可以吗？真的可以如此近距离地亲吻你吹弹可破的脸蛋儿吗？真的可以嗅闻你柔美如练的长发吗？真的可以握着你柔荑的小手儿？真的可以亲吻你微微张开的红唇吗？噢，心爱的，我真心害怕！

21

心爱的，当你离去，我绝望的心儿滴血。我惶急地冲出花丛，一个人在池边胡乱地奔走。口里高喊着你的名字，影子在地上写着狂草的书法。我恨自己的羸弱配不上你的美丽，我的庸常配不上你的非凡，我的卑微配不上你的高贵，我屡屡鼓起的勇气就像气球，被你的华彩刺破。

22

我顾影自怜，水中的白莲和红莲亭亭玉立。不知何时，你的围巾轻轻拢住了我的肩头。我想逃走，但是你的目光一如新月的清辉将我曼笼。心爱的，我的身子在颤抖，嗫嚅地不知说了些什么。

23

心爱的，还需我怎样明言？我甘露似的微笑，正凝在蝶翼般的眼睫。

24

你的果园已到了收获的时节，果香沁满了每一寸空间，饱满的果实直欲振翅而去。我可以做那位采果的人吗？时节已到，请任我随意采撷。你若不愿，就请在秋风中关上院门。

25

相见总是无缘吗？你唱着我从未听过的歌，婀娜地飘过我半掩的窗子。回眸相对时，两人都懵懵懂懂，你走远了，走远了，我才突然惊觉，那歌曲竟曾和着我刚刚弹奏的节拍！

26

你月下吹箫，我只痴痴听着；你风前起舞，我只呆呆看着。我全力爱你，心爱的，你为何只是默默地垂下珍珠般的泪？

27

无云晴空，月光皎洁，莲花闭合或者开放，花香氤氲，歌子缥缈，谁的裙影闪烁于南塘之畔？

28

心爱的，我停下了手中的笔，从书案抬起头。那松针折射的日光，是我向你问候的话语。那花园里吹来的风，是我为你送来的慰藉。

29

美人花依，湖波照容。山痕宛宛，林黛江青。珠明玉暖，春心朦胧。忆昔少年，阡陌偶遇，心跳怦怦。擦身错过，旧约难凭，烟雨纵横。而今倦游，杏子林里，樽酒重逢。怎奈何清眸红唇，婀娜身轻？

30

藤儿婉约，花儿唯美，风儿清凉。彩裙的姑娘啊，你为何久等不来？

31

这欢欣，这快乐，让整个世界旋转了。四季随着这欢乐的洪流，奔腾向前。

32

分明我做了一个梦，梦境绮丽，尚未相识的恋人一袭长裙，在山谷间飘逸。重新入梦时，场景已变。前世的恋人啊，我何时能与你相识？

33

心爱的，你为什么突然静默？微笑像波纹渐远渐逝。迷离的双眸蒙上了浥露。是什么原因让你这个可怜的人儿，在本该大笑的时候沉默，在本该欢愉的时候忧伤？

34

笛声穿林横波而来，久立的少女，为何突然哭泣？

35

乌篷听雨，单衣试酒。湖上的春寒啊，正无边无际。

36

桃花乱打谁的舟篷？烟新月旧，与谁相依相从？珠明水暖，春已朦胧。

37

湖畔小楼春夜，谁吹笛歌曲？不如归去吧！且凭一舸伴你，南溪月下寻幽。

38

笛声穿林渡水，越陌度阡，去安慰你寂寞的窗。病中的你，可知我在远方的心痛？

39

风儿不吹，树儿不摇。看我席地花下，开启你远寄的书笺。

40

当年月下，紫萝花深，少年轰饮，吸海垂虹？而今憔悴，酒阑人散，孤灯寒窗，久立未眠。

41

清波茫茫，哪儿辨识少年的白帆？倚岩的姑娘啊，风儿已吹彻你的裙了。

42

雨疏，洒过庭院的青藤；风骤，扫过尚未紧闭的窗。这雨这风，如此令人不安。病着的恋人啊，刚刚入梦。

43

秋风中的芦苇，空中飘着素白的巾。一生一世的爱怜，眼见成灰。

44

月夜里足音响起，你轻轻走过我的窗。月光皎洁，清露润湿你的眼睫，晚风吹着你的衣袂。就这样——你夜夜走入我的诗，安慰我这可怜的人。

45

一朵白莲，含苞初放。亭亭玉立于万千荷叶之上。可怜的人儿，你为何却低下了头，默然走开？

46

今晚的月儿，也在思念自己的恋人吗？轻柔而飘扬，湿软而暗淡，含着无奈的泪光。

47

心爱的——我心如海，幽蓝深静。是谁在暗夜里化作鲛人，为我落泪成珠？是谁在黎明到来之时，为我扬波？

48

抱歉，心爱的，我的面容有时痴痴呆呆，我的眼神有时疯疯癫癫。我自己也不知道为何独坐一棵梨花树下，望着天空发呆？喃喃地对着水中的鱼儿，都说些什么话语？

49

在生命中最重要的事，就是与你相遇。时间不早也不晚，地点没有太多偏离。晨光下的林溪，暮色中的草地，无数个偶然，聚成了必然的相遇。南浦相送，月色如霜，白衣胜雪。相忘如何忘得？当年正青春啊！

50

谁的笑声？莫非乎前生旧盟？错过了呀！何时有缘重逢？

51

心爱的，你为何停杯？奈何长笛吹彻啊，杏子林清香浮沉。

52

心爱的，你为何流泪？奈何树影摇曳啊，湖畔月色如水。

53

爱呀，你是归航的标灯！没有你，我如何越过那明目张胆的险浪，躲过那心怀鬼胎的暗礁？

54

我从诗经里走出，衣冠似雪，在水之湄，徘徊复徘徊。已经历了三千年，再世的你，还无恙吗？

55

裸露你的灵魂，裸露你的灵魂在语言里；显现你的精神，显现你的精神在举动中。不要一味地隐涩吧，我的朋友，请正面告诉我你的隐衷。不要一味痴呆吧，我的朋友，要恨就立即放手，要爱就牵手一生！

56

休怪夕阳，还有这夕阳下的波光鸥影。休怪晚风，还有这晚风中的渔歌声声。相视时已是醉了，何须开口，已情定了一世一生！

57

晚凉似水，衣袂飘飞。我的爱像一片片落叶，叹息着飘散在这寂寞的人间。

58

舞女，你为谁而舞？飞旋的裙裾，在讲着怎样的故事？柔曼的玉臂，缠绕几多的哀愁？谁在怦然心动？谁在定睛回眸？

59

不忍看西风残荷间，那朵红莲。月明中，幽栏上，误期的嫁女，正清泪盈眸。

60

你快乐吗？去问空谷中的芝兰；你寂寞吗？也问空谷中的芝兰。

61

风在飞舞，路那么长，在漫无边际的黑幕里，请你不要熄灭窗灯吧，也不要停下你的琴弦。迷路的旅人啊，我已然听到了你的足音。我的恋人，你的小舟已远，湖面已恢复平静。柔波微微，可那一点帆影，还一直摇荡在我的心湖。

绮丽的天花里，谁的衣袂飘飞？

珠明玉暖，谁与我隔栊相对？

——题记

袂飞集

1

绮丽的天花里，谁的衣袂飘飞？珠明玉暖，谁与我隔栊相对？

2

晓风不吹，晨钟不敲吧！莫将爱人的春梦惊逝！

3

我的爱人，你是我世界的光明。那阳光，那阳光下的沙滩；那沙滩，那沙滩上的和风；那和风，那和风里的眼波；那眼波，那眼波里的爱情。醉了，我的爱人，醉在了爱的眼波和眼波中的和风，醉在和风中的沙滩和沙滩上的阳光。

4

我的爱人，请许我在原野奔竞，许我的呐喊伴着雷和电，许我的狂舞带来雨和风。对！是那飓风，天门大开，天风奔走，我的大笑充塞整个的天空。我的爱人，我累了，累倒在你的芳甸，我醉了，醉倒在你的梦中。

5

爱人，你说水是温柔的，一如我的眼眸。可别惹水动怒啊，你可曾见险流的拍岸，你可曾见海潮的怒吼！

6

停下你无益的求索吧，我的爱人！些微的获益岂能弥补你时间的损失？请在晨风中走过河边的花径吧，碧柔的小草悄悄亲吻你嫩藕般的粉足，熹光中飘散的长发构成永恒美丽的剪影。

7

我的爱人，请在夕照里完全地享受清闲，看晚风与云朵嬉笑，吟诵我赠你的诗篇。河水激动地翻涌，鱼儿一跃而逝。我会在夜晚到来之前回来，请等待我的归帆。

8

你微侧着梳理黑瀑般的秀发，我嗫嚅着酝酿着诗句。我说“你好美呀”，可又怕你笑话我的诗句毫无文采。可是，我爱，世上哪有清词丽句，足以描绘你回眸浅笑的迷魅？人间哪有婉转歌喉，足以歌颂你婀娜莲步的华彩？

9

风儿在我的心里，日日弹着相思的曲子。我的居处从无来客，我的心湖波澜不起。可是今天为何慌乱，细雨为何迷蒙我的双眼？双眼却分明看到那方丝巾，是谁留在窗外的林间。林子里是花的素馨，素馨里是当年的足音。足音里幻出你的面庞，依旧是当年的美丽温润。小心翼翼地我捧起丝巾，惆怅在我的心头逡巡。回来吧我的心儿，伴我偕立在寂寥的黄昏。

10

请接受我呈上的花朵，戴在你迷人的发间。请走在阳光下，让蜂儿唱歌，看蝶儿跳舞。请一并接受我的颂歌，和着万千生灵的应和。请许我在晚风中随行，同赏瀑布样的藤萝。我只有花环和颂歌，以及真实的心儿一颗。我还没有太多财富，只因我还只是年轻小伙。只要心爱的姑娘，接受我这心儿一颗。执手同行的前路，必是花雨婆娑。

11

你何时到来？春草已遮掩了小径，日光晨光交替相邀，你竟还不到来。我从天明等到天暮，再从天暮等到天明，你竟还不来。我泪眼婆娑地凝望来路，环佩足音何时响起？

12

依旧江南芳草地，依旧江南杏花雨，渐渐远去了如诗如画的油纸伞，曾经江南，曾经少年，如痴如醉……

依旧唱着你的词，依旧吟着你的诗，独上高楼望断了江南千里远，浔阳江头，小孤山下，寻寻觅觅……

在哪里？请你别再云间雾里去东又去西。在哪里？请别再让我的心在风中雨里流泪。在哪里？请你别再云间雾里去东又去西。在哪里？请别让我的心在风中雨里流泪……

13

荷叶遮阴，花香氤氲，时光簌簌往回。五月渔郎相忆否？小楫轻舟，梦中已驶入芙蓉深处。

14

少年唱一首歌，这首歌只唱给心爱的姑娘，却为何嗫嚅不敢发声？少年的脸红了，心跳了，身体就像振翅欲飞的小鸟。但弦索还未协调，曲子还未谱好，歌词还未填充，只有热望在少年的胸中挣扎。风儿吹来，又吹去，花儿开放，又凋零，雨丝儿直，雨丝儿斜。一声叹息，不知何处起，何处去。少年的弦索终于调协，曲子终于写好，歌词也已填充。可姑娘早已红颜不再，少年的额头也已沟壑纵横，老翁的歌声喑哑，老妇也舞姿难成。只有白发瑟瑟，在这四野的晚风之中。

15

山雍雍，水溶溶，梦境烟波几千重？今宵复相逢。

画楼高，兰舟摇，郎吹笛儿侬吹箫。杏林月儿高。

一首诗，一首词，阮郎一去无消息。千山雨如丝。

杭州桥，苏州桥，绮梦春风正年少。江南花枝俏。

16

碧绿的江，逶迤的渠。清晓的古渡，烟雨迷离。

泼溂的桨，欸乃的橹。江南的情歌，江南的舞。

吴国的腔儿，越国的语。吴腔越语里，多少情意？

唐朝的诗，宋朝的词。旧梦如烟，梦境绮丽。

忆江南，江南风物旧曾谙。忆江南，江南江水绿如蓝。

忆江南，沉醉自在山水间。忆江南，梦的小舟何时还？

17

雨中一点豆蔻，已香遍唐诗和宋词。而你白色的裙裾，仍在江南飘飞。香车吱呀，碾过断桥几回？纤纤皓腕，轻启彩色窗扉。真耶幻耶，此刻天花如雨。惝恍迷离，可怜远寺钟声。钱塘小小，你是谁的梦境？寂寞空冢，难掩几许诗情。一瓣心香，恨不当时携手。神游惊断，未审往世今生。去也去也，欲驻如何能够！诗笔摇曳，且约诗林重逢。

18

你是我常读常新的篇章，你是我日日吟诵的诗经。这诗中有你每一丝的声息，你每一丝声息都让我感动。诗里也有花开和花落，你的每一次花开都让我狂喜，你的每一次叶落都让我沉静。我的爱人，你是我面对的自然。自然里有白云和彩虹，有野花芳香，有溪流淙淙。我的爱人，你就是我的世界。这世界里有天空的深邃，有长河的波影。噢，我的爱人，我不知怎样把你称颂。我只有，默默爱恋苦苦相思，深深景仰虔虔供奉。

19

江南的雨儿，江南的风，江南的少年走在雨中。

江南的风儿，江南的雨，江南的姑娘舞在风中。

风恋着雨儿，雨恋着风，多少柔情飘荡在江南风雨中。

雨恋着风儿，风恋着雨，多少爱恋缠绵在江南的风雨中。

一千里一万里，我要去江南，江南有我你遗落的旧梦。

山几程水几程，我要去江南，江南有你我前生的约定！

20

这孤独的疯子，在人们的睥睨中，骑一匹瘦马惊惶地逃离。四野的风凉啊！那位最美的姑娘，却为马儿送来馨香的青草，为疯子送来饭菜和清酒。并用她红色的丝巾，缠绕他羸弱的颈项，诱他唱出低哑的歌声。

21

心爱的，我本来只想做你花园里的园丁，你却让我坐在你的身旁。我本来只想遥望你的身姿，你却与我轻轻相拥。我本来只乞求你怜我，你却对我说你爱我。我本来只习惯于轻吟一首诗，在无人的角落。你却让我纵情欢歌，在天地之间。心爱的，我的勇敢皆拜你所赐。我通过你走向世界。

22

我爱的人儿，不要急于告诉我那三个字，那三个字里有着我生怕的隐衷。我怕那快乐将我淹没，我怕那狂喜使我发疯！我怕那山呼海啸破坏周遭现存的秩序，我怕那愉悦在大地草海激起飓风！我怕那花丛开得过于绚烂，我怕那泪水溢满我的眼瞳！我怕阳光和月光相互交缠，我怕这一切隔断死与生。

23

清晨，凭窗，心中豁然开朗。我的喜悦越过阡陌和河山，流溢远方。我轻闭双眸，在灵魂的静默中祈祷。远方的姑娘啊，你是否也在这美得惹人落泪的清晨，隔着这漫漫时空与我相视？心弦的跳动，是否与我依着同一个频率？不要敛衣走过花园吧，不要让清露打湿你的衣裙。

24

一棵树，春叶竞生，夏花妩媚，转眼间秋叶飘零。青葱的念想，只能在冬雪下祈盼下一个春天。一个人，从婴孩儿的蹒跚学步，之后赳赳壮壮或亭亭玉立，再后又佝偻彳亍扶杖而行，最后像枯枝败叶一样颓然倒下。一生何其短暂，梦来梦去之间！

25

雨横风狂的夜晚，我金戈铁马而来，怒火烧红了我的眼睛。心爱的，你正临窗俏立，含羞浅笑。眸子里晴空万里，微笑如绵绵春雨。我停下了冲杀的脚步，是你——永系我横流四海的心。

26

亲爱的，对不起，我无法将这感觉与你分享。风从东方吹来，送来大海深处的旋律，只有我在寂静的窗前能够聆听。蜂蝶带来花的神性，只有我看到了其中的大美。那跳跃在山峦间的阳光，那光波里的绛紫峰影，只有我知道它在诉说着什么。而深夜星斗满天，明月一轮，也只有我与它们聆听和对话。这些哪里能与你分享呢？

27

男（女）朋友，此三个字可以分解：男（女），则缠绵悱恻；朋，则融洽对话；友，则互相关爱。三者具备其一、其二已经不错了，同时具备刚可结缡。从全部具备到慢慢失去，则婚姻趋于平淡，有的走向离异。

28

我抬眼看你时，世界在颤抖。而爱的火焰，就是你眼光温暖的抚摸。

29

我的爱人，请敞开你的心扉，让窗外的阳光充满你的心田。你看那谷成垛、羊成行、鸽群联翩，你看那花如海、草成茵、诗意弥漫。过去和未来都是为了你呀：四壁的书，筒筒的画轴，先人的幻影和思想，还有我写的诗篇，以及飘散在丹青中的叹息，一起在午间的光雾中跳舞！那曾经贫瘠的，终将丰产；那童稚蹒跚的，终将长成窈窕少女、翩翩少年；那玩弄你意志的青年，终将打开你的心田；你的肉体，终将迎来灵魂的痴缠。你自认为渺小的一切，终将因为它与上苍的关联，而伟力无限。

30

垂柳在春风中轻轻拂动，调皮白云的倒影逗弄着碧湖中的天鹅。尘世无恙，一羽不起。远方的你，是否平安喜乐？

31

亲爱的，对不起。年轻时我只是蜗居中的蚁族，驰突奔竞，行色匆匆，既没有丰富而深刻的思想，也没有维持高品质生活的财富，所以既无法与你心灵碰撞，也无法陪你悠游世界；现在我有了深刻的思想和必要的财富，却已老去，羸弱了点燃你的激情和充实你的坚强。你我已错过了几生几世，难道还要隔着思想和尘世再一次远远眺望吗？

32

我抬起头，痴痴地看着你——纤长的颈脖上，垂落了几缕黑色散发，黑发红颜，美得似天际潏滟的晚霞，周身披着绚丽的光，妩媚灼目。你柔软澄澈的眸子，泛出细碎的光。上午的骄阳从雕花窗棂的缝隙处透进来，落在你的脸上，青绸发丝映衬脸侧，越发显肌肤赛雪，樱唇含丹。你眼眸幽静，墨色眸子映衬在蔚蓝的眼波中，像月夜下的古潭，静谧、深不见底，却偶然闪过几缕粼粼波光。

33

繁星遥应篝火，银河回答沟渠，我小小的茅屋啊，正被月宫的嫦娥觊觎。好吧，好吧，我可以把我的茅屋相赠，连同院落里青青的翠竹，还有笛箫相伴的诗吟。但我想向你讨一杯正宗的桂花茶，由你相伴，就这样默然对坐，举杯相酬。我不麻烦你太多时间，只请你伴我一生，可否？

34

我们用堤来缚住无边的浪，我们用帆来缚住无形的风。但我们用什么来缚住无情的心呢，用什么来缚住无踪的梦呢？

晚来的风凉啊！

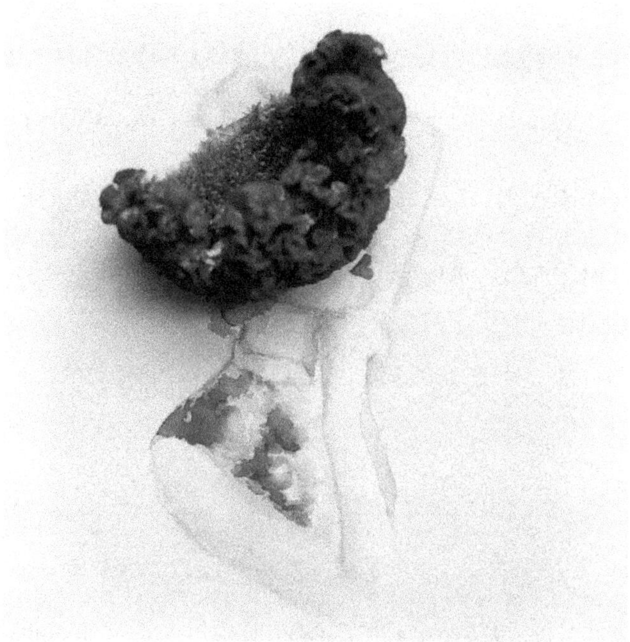

35

此时，花香氤氲，此时，风月无边。此时，我不想有任何念想，因为，我一动念，就会想起那个人，就会流泪，就会忧伤。

36

我看见爱情像艳丽的花，但我知道花会凋零。我看见爱情像纯洁的雪，但我知道雪会溶化。我看见爱情像芳香的酒，但我知道酒会变酸。我看见爱情像不朽的金，但我知道黄金可以重价购买。

哎，那被人轻易抛掷的，我总是默默寻找。那被人激烈争夺的，我总是偷偷丢掉。包括鲜花与白雪，包括美酒和黄金。我离开通衢大道，一个人转入无人的山荫道中，孤独地寻找和前行，悄然地低吟和叹息。

37

一丝阳光缓缓掠过我的眼睛，那些与你时时伴随的时光却是远逝了，你已远走，我也要向另一个方向去了。我怕冷，也怕思念你，所以一直顺着光走。有时我回看身后的影子，影子是我行走的记忆吧？我看着光的时候没法看到影子，回头看影子的时候也没法看到光。还是顺着光走吧，于是我渐渐忘了影子。

38

刚下过雨的街道清清爽爽，风里隐隐透着花香。当歌声响起时我俩车头交错，初次的相遇不期而至。你那一回眸的温柔，恰如闪电将云层穿透。

39

姑娘啊，你在翠绿的山野放牧群羊，你吹响芦笛表达欢愉。时而，你像小鸟婉转鸣唱；时而，你像蝴蝶翩翩起舞。你身轻如燕，快步如风。初春的溪流为你奔腾，潺潺欢歌。空气甘甜，暗香浮动，溶溶的月色偷窥着你的倩影，俊美的小伙儿为你引吭高歌，爱意在天地之间氤氲徜徉，诸天神佛为你的爱情作证。姑娘，可爱的牧羊姑娘！

40

我前世的恋人啊，请不要在我书窗吹响笙笛。你的叹息舞我衣袂，你的目光牵我悲情。你不见神秘的鸟儿展翅远逝，你不知沙沙的树叶也想安静？你的诗人青春已逝，只可一卷在握，独立晚风。

41

今天的青山，别样的妩媚。敞开所有的山径，仔细地开满山茶。粗心的恋人啊，你为何掉头而去？你的眼中充盈着怎样的迷茫啊！

42

晚风的天籁里，哪一缕是你的咏叹？万家灯火中，哪一扇是你的书窗？馨香千缕，哪一朵开得最艳？微雨蒙蒙，哪一柄纸伞伴你走过青草池塘？

43

我前世的恋人啊，请不要引我赶往你的林中。我怕这一去难回，空闻远山的钟声。月儿已转过山角，泉水呜咽泠泠。林中路芊芊莽莽，哪里辨识归家的幽径？

44

心爱的，让我们默然相对。而爱正穿行在我俩之间的风里，在那喜怒哀乐的对望里。

45

我前世的恋人啊，请不要频频造访我的梦境。梦境越是风光旖旎，醒来越是苍白凄清。不如就安居诗丛，我的吟哦无须回应。可为何又惝恍迷离，不知是梦是醒？

46

我的爱人，你是天生的艺术家！你轻步踏碎万千晨露，白衣折射五彩霞光，浅笑回荡天地之间，群山与众生凝视谛听。

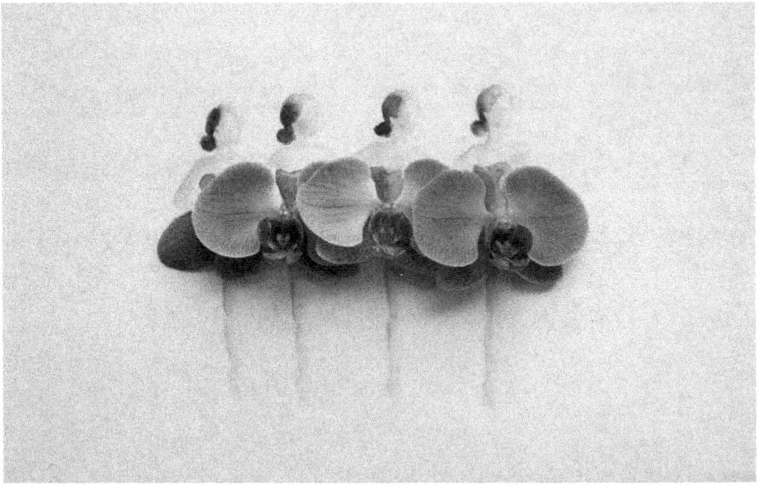

47

我的爱人，是你使我情不自禁展开画布，是你使我的诗笔轻轻摇曳。你是尘世与圣灵联络的使者，你是拯救世界的旗帜！

48

我的爱人，我对你了解如此之多，又如此之少。你月光里的凝眉，晨风中的微吟，夕阳下的回眸，我仍每每对之未明所以，唯有注目罢了，唯有心折罢了。

49

我在追寻中形成的思想，因为你而得到锤炼和提高；我在漂泊时存有的疑问，因为你而变得澄清和明澈；你激活了我在浑浑噩噩中升起的萌芽状态的灵感，涌出了挚爱和智慧的激流。

50

抱歉，心爱的，我不能做你的仆从。若你同意，我愿做你的朋友。你的华彩和高贵固然让我禁不住仰视，但我柔弱的身躯里也有意象万千，我敏感的思绪里也有群峰峥嵘。

51

我的爱人，请许我执你的手，走进黑暗的殿中。钟声停歇时，我的身躯已不再战栗。因为你的歌声，已将每一处虚空填满。

52

我的爱人，请伴我在旭日下舞蹈。言语已经不足，而晨风不大也不小，天气不热也不凉，天地这方大的舞台已然搭好。

53

心爱的，我思念你。于是我跋涉千山万水寻到你。之后匹夫匹妇，柴米油盐，耳鬓厮磨。我的文思曾经如河，现在瘦成了一沟浅水；我的诗笔曾经灵动，现在文思全无。我害怕了，悄然逃离了你。

54

我的爱人，请从彼此清亮的眸子间，去发现全新的自己。

55

爱人啊！不要向我掩饰你的皱纹，每一个季节，都开放应时的花朵。

56

我的爱人，你爱我茶香氤氲，托腮沉思。我爱你蓝天苍穹，划过的弧线。

57

晨光轻吻你的额，花香湿润周遭。醒来吧，我的爱人，来拥抱新的一天。

58

我的爱人，请不要怪罪我的痴绝。三千的弱水呀，我只爱最柔的那道微波。七色的虹霓呀，我只爱最美的那抹色彩。

59

我是一位倔强的歌者，日日慰抚你的南窗。我的爱人，不若与我归去吧，日日在江畔对酌。杏花春雨，晴林雨竹。莺歌柳浪，鱼跃碧波。

60

未见时的期待多么令人挂牵，相见后的失落又是多么令人落寞。我不顾那红艳凝香的花影，独自穿过参天的松林，泪珠一颗一颗滑落我的脸颊。

61

恋人啊，太甜的蜜糖也许让人发腻，反复的誓言也许让人怀疑，太快的进展和太慢的表白也许同样让人难奈，太多的激情和无趣的平淡也许同样让人无措。不如一起学习吧，透过图书馆轩窗共赏第一缕春柳绽绿；不如一起实验吧，在静夜观察数据的舞蹈；不如一起健身吧，挥汗如雨时互相加油；不如一起实习吧，挣得的红票孝敬父母，挣得的蓝票一起撸串儿。真正恒久的爱情，也许正在恋人们执手前行的路上啊。

62

春天的菩提树，它的叶子正反射着优美的阳光。懵懂新奇，那叶子！青翠欲滴，那叶子！振翅欲飞，那叶子！你看到了吗，你听到了吗？这是娇嫩的生命在呐喊、在欢唱。从一片叶子上，我看到了人间的大美！哎，痴人儿啊，你为何不闻不见，掉头而去呢？

陌上花开，林间闻笛，云开日出，雷鸣蛙鼓。

——题记

闻笛集

灵感

蜡烛的灯芯，飞鸟的羽翼，春蚕不懈的牙齿，旅人跋涉的脚步。

陌上花开，林间闻笛，云开日出，雷鸣蛙鼓。

长鲸吸吮川流，骆驼奔向甘泉，耕牛眺望前路的抬头，神迹转瞬即逝的折射。

啊，难道机神临在？椽笔因何勃发？是谁在叩响我幽深的茅屋吗？为何我此刻心跳怦怦？

内子

读陆幼青《生命的留言——死亡日记》，突有所感，因有此诗。而此时，内子正甜甜入睡。

我若死去，请不要在我的灵前哭泣。亲爱的，我的魂灵，已飞越千山万水。

当第一缕阳光照耀，亲爱的，请留意那浥露的新叶。那上面闪烁的熠彩，是我对你的微笑。当你劳作，汗湿衣襟，亲爱的，请许我化作一缕清风，逗弄你美丽的衣裙。

吃饭的时候，请不要放置我的碗筷，亲爱的，现在我食用的是甘甜的清露和深山馨香的空气。

当你凭窗而立，可听到我在斜阳的眩光中，为你演奏的华尔兹？亲爱的，可惜你看不见，我伸向您的邀舞的手。

而当你入睡时，仰着美如鲜花般的面庞。亲爱的，你为何流泪？请许我，请许我，轻吻去你脸颊上的泪珠。

疯子

诗人啊，你不惜疼痛，鞭挞自己，大家却报以讥笑。你不惜笔墨，吐尽肝肠，大家却掉头不顾。你捧着一颗血淋淋的心，奉献给心爱的世人，大家却掩鼻遮目。你站在高地，大喊大叫，大家却当你是精神错乱的疯子。

说给亚当

亚当啊，谁使你失去了自己的天堂？没有一个夏娃分担你的痛苦，减轻你的重负啊！

你本是奕奕赫赫的天神，为何却流落凡间，满面尘灰，为人嫌弃和讥笑？

你本披云裳、驾云车往来天际，却为何蹇迫长途，无暇抬头看转瞬即逝的旧友？

亚当啊……

鸟儿问答

鸟儿啊，我该怎么地喜爱你，怎么地帮助你呢？你的歌声如此美妙，你的飞姿如此动人，你的一切的一切都动我心旌。你来，你来，飞入我的怀中！

我自由地在林间飞翔，在草地里啄食，在晨风里歌唱，在月光初洒时归巢。何需你的喜爱，何需你的帮助。你去，你去，莫侵扰我的幸福……

姑娘，唱出你心中的歌

姑娘，唱出你心中的歌！让你的美妙的词语，为它穿上华彩的衣裳；让你的激越的笔墨，助它跳跃在雪白的纸间；让你的亮丽的嗓音，为它披上如梦的轻纱。

姑娘，唱出你心中的歌！我在你起伏的心房间，已觉出它的激动；我在你朦胧的眼波里，已看到了它的幻影；我在你颤抖的指尖，已感到它的颤抖。

你歌唱的倩影，一如星光辉映在湖面；而你的泪水啊，我心爱的姑娘，一如初阳下的露珠，将玫瑰花的秘密吐露。

姑娘，唱出你心中的歌！它比玫瑰花的气息还要清芬，它比海洋之心的珠贝还要珍贵，天地静谧，万物聆听它的清音；日月交辉，五彩照耀它的音符。

姑娘，唱出你心中的歌！它有时如海涛轰鸣，震颤着我的心房；它有时如夜莺轻啼，抚慰我的创伤；它有时像狂风呼啸，让我绕室奔走；它有时又像柔嫩的小儿轻巧地咿哑，让我的柔情爱意润湿我的双眸。

姑娘，唱出你心中的歌！这是爱情之歌啊……

完美

无际的天空，无边的大海，永远燃烧的烈火，永恒闪耀的光芒……

狂卷或平息的风，电闪雷鸣降雨的云，吟唱或哀泣的小溪，春天开花秋天落叶的乔木，高耸的山峦和低洼的峡谷，肥沃或贫瘠的土地……

依赖着自己母亲的孩子，对自己孩子负责的长者，失落于自己信仰和爱情之间的青年，与自己过去和未来进行搏斗的中年人，隐居在茅庵的膜拜者，关押在自设监狱中的囚犯，埋首于书斋和纸堆中的学者……

处在夜的黑暗和昼的黑暗中的愚人，置身于信仰的繁花与孤寂的荆棘间的修女，处于软弱的犬齿和需求的利爪间的妓女，处在苦涩和屈从间的贫者，陷于贪欲和俯就间的富豪，置身于黄昏的雾和魔术的光之间的诗人……

诗人之死

诗人啊，你来到世上，是要用满腹珠玑的语言使人们心旷神怡，如今却要在这富人遍地的城市里饿死了。

你有一颗高尚的魂灵，你的微笑能使人生甜蜜美满，现在却在人们的漠视里匆匆辞别。

你深爱这个世界，孤灯一盏是你临别时唯一的伴侣，一页页风中飘散的稿纸上仍跃动你那颗美好的心灵。

来吧，死神！请解开这沉重的物质的羁绊，让我离开这个对我不耐的人间。这个世界上的人啊，只想着奔走逢迎，宝马轻裘，却掩耳拒听我传达天使的声音。

沉睡了几世几劫，知识的曙光照亮了世人的眼睛，背诵着诗人的诗篇。哎，可怜的诗人啊，你总是死在当下，活在未来！

诗人的背影

世上每个黑夜，总会转为黎明。阴霾终将散去，湛湛一洗碧空。你流下的泪水，定会将去路洗净。这不堪的浊世上啊，唯你白衣飘飘，迤逦独行……

石猫

一只猫，踞在悬崖顶上，三月的光秃秃的悬崖顶上。它仰望日月沉浮，俯瞰潮起潮落。一动不动，最后它变成了石头。

从风想起

风，没有穿着华美的衣裳。时间，没有赫赫奕奕的居所。语言，隐身于静默的浪花。

翅膀，在诗的天空中翱翔。芳香，是一首没有歌词的音乐。我的价值，又何在于我呈现在你面前的形象？

如果你一定要忧伤，那请直接告诉我你的忧伤。我将我园中的最美的那束玫瑰，郑重交到你的手里。梦想会长大，只是朝着童年的方向。玫瑰终会治疗忧伤，只是需要你凭着一幅孩子的心肠。

伫立

恐惧地，我站在世界的边缘。风从宇宙深处吹来，衣袂飘飞，清泪潸然。死寂的宁静一如惊雷啊，脆弱的耳膜已不堪增压。思绪翻涌，一如江河。伸出手，并真诚地坦开。我希望有一双同样真诚的手，从世界之外伸来，与我相握。

研究生，请你跑起来

跑起来，研究生！奔跑在运动场上，奔跑在田间和湖畔，不要枯坐在象牙塔，别让你的才思枯竭。狮子般勇猛，猿猴般敏捷，骏马般迅疾，鹰隼般目光锐利！

运动形塑体魄，也锻炼精神，一如暴风骤雨过后，草地无边清新。

你是奔跑的荷尔蒙，你是怒放的鲜花，你沐浴绮丽无比的天光云影，你披拂春夏秋冬的风！跑起来，研究生！

考试（赠正刷六级的甄同学）

一群小鱼儿，认真品尝鱼饵的味道，并试探鱼钩的锋利与坚韧。

而两条大一些或老一些的鱼，拂拭身上已经愈合的伤痕，回味过往的骄傲和伤痛。

窗外寒风呼啸，湖面已经冰冻。而遥远的春风，还在路上。

忍心

你竟忍心！忍心让我独自一人，日日走过那片寂寥的紫芒花野。天苍苍，野茫茫，每每向晚四面风至，吹得我心事翻涌。

红黄紫白，天地已属秋的王国。独自惆怅，久久眺望你的方向。恍惚间，听到你歌声如缕，足音如梦。

心事

我真想有一个聪明的大脑，让我读得懂，你为何有时扬眉有时颦眉。

我真想有一双强健的翅膀，拍荡九百里的风云，让横亘我们之间的千山万水联通。

我真想有一幅英俊的面容，在你分花拂柳迤逦而至时怦然心动。

我真想有一支画家的笔，蘸浸润花香的清泉，细细描绘你临风之姿。

我真想有一双包治百病的手，去抚你经霜的渐憔悴的容颜，让你重新恢复青春的微笑。

可是呀我没有这些，有的只是一颗滚烫的心，夜夜在千山万水之外，为你祈祷。

倔强的歌者

我是倔强的歌者，夜夜歌唱在你的窗前，只盼着那多情的南风，偶尔掀起你清雅的窗帘。

不要嗔怪我的固执，也不要将我驱赶。我已跋涉了千山万水，忘记了当初的故园。

你若真的不愿，我立即停止歌唱，秋风已吹老我的容颜，芦荻也愁白了我的头发。我背起我的行囊，再次流浪在人间。

逃跑与等待

心爱的，彩灯和弦歌使我害怕，我逃离了喧嚣，独坐在荷池旁的台阶。

这儿花香氤氲，微风从水面吹来，月色正好。心爱的，这是你回家时必走的路径。就让我在这儿等待吧。聚会终于结束，你从我的眼前飘然走过。

我在心里大声为你唱一曲情歌，可是出口的声音却小而又小，小得连蝶儿的梦都未惊醒，连水中的鱼儿都未觉察。

我的歌声很美，可也只有自己听到。你的青衫与嫩草一样碧青，你的衣袂像云朵一样拖曳，你的眼神比天上的星星还要清亮。

你翩然而去，惟余一缕馨香，久久不散。

爱我，一如我爱你

爱人啊！请不要逼我敞开心扉。 请允许我独坐心房某一角落，独守我的秘密。

请不要检视我的伤口，请允许我在幽林深处养伤，只向你展示欢跳的身姿。

请不要翻阅我的初稿，也不要问我夹在旧日记里那枚枯叶。那叶，曾是如此丰盈啊！

请不要追问我为何流泪，在我眼望远处的虚空之时，我不忍骗你说那是风吹使然。

请不要埋怨我的沉默，我常常跨过了语言的尽头，眺望无限的博大深弘。 请不要期望全部地了解我，爱我就够了，一如我也爱你。

乡下的少年

我注定是乡下的少年，却被迫游走于城市的街道，心儿永恋广阔的田野，怀恋泥土的气息，灵魂逃逸彳亍于青草和芳林。

以风为笔，抒写野花与庄稼的清香，当甜蜜从爱情的枝头滴落，我不由地号啕大哭。你知道，我的梦清瘦，一如村南摇曳的秋苇。我的泪清澈，一如林间澄明的月光。

向自己心灵低诉

我逃离喧嚣的凡尘，向梦的深处探问。逆着一段段溪流向上攀缘，经行一方方神性的天地，惊诧于一处处绮丽的圣景。我趺坐芝兰空谷，内视冥想，向自己心灵低诉。

这迷离的人生，不觉已过半个世纪，而心中的困惑，竟是越来越多。人生的阳光、鲜花和宁静美丽的自然春天，沉重、忧愁和令人焦虑的人生危机，不时让我潸然泪下。享乐之后是空虚，纵情之余是烦乱，“人散尽，一钩残月凉如水”。

今夜月华似水

愿今夜月华似水，愿夜风低低吟歌，愿羊儿交颈安眠，愿流水静静流过广袤的大地，愿造物主慈祥的目光凝视着万千生灵，愿爱成为善良人们的坚盾，愿和平永在。

愿明晨朝阳新浴而闪耀，愿晨露滋润山冈和平畴，愿枯死的花儿重新绽放，愿别离的人儿再次相逢，愿爱情点亮情人的双眸，愿诗人自由咏歌，愿童稚成长。

赠予

春的赠予，是嫩芽一枝。群鸟振翅般带来，一天一地的生机。

夏的赠予，是风荷南塘。无伴奏合唱，让燠热重返清凉。

秋的赠予，是弦月半轮。轻叩寂寥的窗棂，抚慰诗人狂躁的心。

冬的赠予，是白雪千山。亘古的宁静，抚慰我纷乱的心田。

亲爱的造物主，我拿什么赠予您呢？唯有微笑着，依傍在您的身边，并聆听您的缄默吧。

渔婆的故事

一只轻舟飘来，顺着古老的运河。满载芳香的秋果，逗引我的目光。

美艳绝伦的人儿啊，驶入我荒凉的城邦。额头像秋阳般明艳，嘴唇像秋果般芳香。

故事在运河展开，你我共度时光。我仍是一个农夫的脾性，你仍是一个渔婆的模样。

每一个清晨，一起面向朝阳。醉心这阳光底下万物的咏歌，在田畴上写下美妙的诗行。

每一个黄昏，一起撒下渔网，在水湾捞起一网网金光。轻歌顺着汗水流淌。

世间有多少农夫，又有多少渔婆？愿这岁月日日静好，愿这爱情永远不老。

窗下的盲者

窗下，我在谛听。听那春风催开花蕾，听那春雨润湿新枝，听融化的雪水流过屋前的小溪，听常青树的落叶穿过春夜微微的叹息。

窗下，我在谛听。听那乱石崩云，听那惊涛裂岸，听那虎豹的怒吼，听那雷电重造天地的长鸣。

窗下，我在谛听。听那蛙鼓合奏，听那群蜂吟歌，听那乡村的万籁俱寂，听那城市的奋进合鸣。

窗下，我在谛听。听那夜鸟的振翅，听那瀑布的轰响，听那小雀欢唱着迎接清晨，听那寒鸦凄凉地送别黄昏。

窗下，我在谛听。听那躁动的生命，听那飞溅的火星，听那煤在火中的欢笑，听那铏钼锌铜的相熔。

窗外，我在谛听。因为我，因为我没有一双看清世界的眼睛……

跋：竹香入酒赋新诗

生命如此令人惊诧！清晨第一缕阳光照耀这个我们生于斯、长于斯亦终将逝于斯的星球，松涛低吟，柳丝婆娑，虫鸣蛙鼓，兔走隼落；带露牡丹娇艳欲滴，含愁丁香惹人垂怜。所有的生命各依其序而又驰突奔竞，万千生灵应节而舞，界、门、纲、目、科、属、种在大化运行中如此和谐。整个世界明晰美丽，流畅丰富，生机勃勃。所有的生命都在呐喊，所有的生命都在歌唱！生命，让人不由去关注和研究，并从中获得和谐的心境和充盈的生命力。

在所有的生命中，人的生命是那抹最动人的色彩，是那缕最耀眼的光芒。人是万物之灵长。正是因为有了人生命的观照，才使这个世界更加缤纷多彩，才使同一轮明月照耀下的古人今人对时光流逝、人生短暂发出同样动人心旌的声声喟叹。

人的生命价值是这个世界上至高无上的价值。人的生命价值是价值问题的核心，是对人生命的深度追问和终极关怀。在一些文化语境里，只有人具有“神”性、“佛”性；而“上帝死了”之后，人更理所当然地成了这个世界的真正主人。

我有时试着想象自己摆脱自身，负手立于太空的某一角落，俯瞰这个蓝色星球的芸芸众生，欣赏那冷色的、意味深长的运动着的美，观察那生和死川流不息的合而分、分而合，遥看生命的嬗变升腾、变迁不居，指点那关乎生命的激动人心的价值求索激荡起的绚丽浪花。

人的生命价值应然如何？也许没有人能给出确切的答案，

我们都正走在“朝圣”的路上。这正是人生中最动人的地方。我深信：一切科学、哲学、信仰的东西，都由同一个共同的源泉哺育——对于未知事物的憧憬和心泉聆听的返回。我并不相信迷信意义上的灵魂不朽和具象化的万能上帝，也无法准确说出人的生命价值到底是什么，但我相信人生命价值的不朽和精神生命的永恒。于是，对于横倒斜歪在通向生命价值求索之途上的障碍物，我试图通过科学真理和生活经验的总括来清理；而对于远在前方的生命价值之鹄的，我试图通过哲学的沉思、审美的愉悦、灵性的震颤、信仰的笃定来触摸，试图以此走向一个明晰而和谐的思想世界。

在我们之前，一代代哲人接踵而来，送给我们思想的种子；我也努力摸索着去打开一扇又一扇通向生命价值的追寻之门，踏上幽暗魅惑、曲折连环的林间小径。我高擎生命中全部真善美圣凝聚而成的“阿拉丁神灯”，勇敢地做世人寻找生命幸福的向导。

作为一位起步较晚的生命教育学者（学者在此指的是“学习者”），我近年来从生存哲学、教育哲学、课堂教学、诗学等不同维度先后切入生命教育研究，叩问生命的价值和意义，溯源教育真蕴，寻求实践路径。在研究过程中，我感觉有些内容适合写成岩崖耸峙的高台讲章，于是我撰写《生命价值论》《审美生存论》《生命教育学》《生命课堂论》《生命教育诗学》等数十部著作；有些内容适合写成规范严整的学理短章，于是我在

《教育研究》《课程·教材·教法》《中国教育学刊》等期刊上发表了数十篇论文。但还有些内容似乎更像是生命教育研究过程中的吉光片羽，是“林间路”上散落的珍珠，是掩卷远望时的灵感造访。我习惯于把这些想法也写下来，有时写在一片纸上，有时写在胳膊、腿上，有时狠狠地在脑子里“过几遍电影”，一如李贺之故事，之后尽可能及时敲进电脑。这样的文字，我称之为“生命诗语”，并分别形成“生命诗语2005年卷”“生命诗语2006年卷”直至“生命诗语2019年卷”。2005年我开始使用个人电脑，近年更是笔记本电脑不离身，这些“诗语”因此得以记录下来，积年竟逾百万字；而2005年以前的“诗语”，数量还真是不少，但已全部散失。

生命诗语的发表和出版，原来一直没有提上日程。2018年7月我打篮球受伤，养伤时在根据生命诗语整理三部诗集，随后在教育科学出版社出版，分别是《有所思》《白衣醉》《马蹄错》，合起来组成《生命教育诗语》系列。中国教育学会名誉会长、北京师范大学资深教授顾明远先生和中国陶行知研究会会长、北京师范大学教授朱小蔓院士奖掖后学，视诗语为生命教育研究的重要成果，饱含深情地为我的系列诗语写下了两篇序文及推介语。顾先生是我的亲导师，朱先生是我的虽无导师之名但有导师之实的老师。河南大学年终绩效考核时，也视《生命教育诗语》为重要学术成果。我深为感动，深受鼓舞。检点积年所作，发现已出版的这三卷只是积年诗语之十一。2019年早春我再次打篮球受伤，这次是跟腱断裂，伤情较重，那学期的课被迫请同学们退选了，病床临窗，正可从长计议撰文著书。于是，我闭门谢客（我未“双肩挑”，本来就门前冷落，所以谢客并无难度），集中整理生命诗语四组共十二卷，为了与已出版的《生命教育诗语》稍相区别，我将新书命名为《生命教育私语》《生命教育丝语》《生命教育释语》《生命教育思语》。这十二卷全都是以诗文的形式表达生命教育的学术致思。卷目为：

1. 生命教育诗语 卷一 有所思（小诗集）
2. 生命教育诗语 卷二 白衣醉（小诗集）
3. 生命教育诗语 卷三 马蹄错（歌词集）
4. 生命教育丝语 卷一 聆听（散文诗集）
5. 生命教育丝语 卷二 对话（散文诗集）
6. 生命教育丝语 卷三 同行（散文诗集）
7. 生命教育思语 卷一 门卫三问宜深思（哲学卷）
8. 生命教育思语 卷二 大象无形课堂里（教育卷）
9. 生命教育思语 卷三 书生报国一支笔（生活卷）
10. 生命教育释语 卷一 山居
11. 生命教育释语 卷二 田园
12. 生命教育释语 卷三 江南
13. 生命教育私语 卷一 吉光片羽圆旧梦（小诗集）
14. 生命教育私语 卷二 林间自是少人行（学术随笔集）
15. 生命教育私语 卷三 多少楼台烟雨中（生活随笔集）

我平日的工作和爱好没有严格的界线，工作即爱好，爱好即工作。我北京师范大学博士后导师顾明远先生说，教育的本质是生命教育；我华中师范大学博士后导师及高访合作导师周洪宇先生说，生活·实践教育是教育的真蕴。据学生浅见，无论是顾先生团队起草并纳入《国家中长期教育改革和发展规划纲要（2010—2020年）》的“生命教育”，还是周先生沿夸美纽斯、斯宾塞、卢梭、杜威、陶行知一路走来提出的“生活·实践教育学”，还是华东师范大学叶澜先生及其高足李政涛等提出的“生命·实践教育”，南京师范大学朱小蔓先生提出的“生命—情感教育”，均直指人的“life”。“北顾、中周、东叶、南朱”以及朱永新、刘济良、冯建军、刘铁芳、王鉴、刘慧、张文质、肖川诸君子的相关研究，异曲同工，殊途同归，各臻其美、美美相应。这构成中国教育跃升的强大动力。而我理解广义的“life education”其实也包括诗意栖居——我平时受邀讲学最常被点将的题目正是“诗意栖居于教育生活”。个人浅见，诗意栖居应成为生命教育的寻常生活贯彻，生命诗语应成为生命教育的重要表达方式，登临送目、诗书吟啸、酱醋琴棋、饮啄笑傲，无一事不关联生命教育，无一处不寄寓生命情怀。

无论“诗语”“思语”“丝语”还是“释语”“私语”，都是从我每天写作的“生命诗语”中辑录出来的，都是我对生命教育的真情实感之表达。其中《生命教育诗语》三卷之《有所思》《白衣醉》《马蹄错》书名由导师顾先生亲自题写。先生书风入于颜平原之浑厚博大、字势开阔，出乎唐六如之妍美流畅、气韵天成。铁画银钩，人书俱老，瞻之令人肃然起敬。另外十二卷一并付梓，新体诗文各卷由书法家冯明威老师题写，格律诗词各卷由书法家韩云老师题写。冯老师行书平和雍容、冲虚散淡，韩老师隶书古朴凝重、清雅俊逸，二君子书法均落笔有绪，灵气扑面，妙笔生华，令人好生喜欢。

我学习格律诗词有年，习作近万首（阕），虑及格与律诸般要求，故少有格律诗词发表、出版。自2009年至今，指导我格律诗词学习和创作的老师有三位：第一位是台北的吕慧薇，网名婵娟；第二位是福建的罗增富，网名三少爷的微笑；第三位是上海的王轶君，网名雅典娜。在《生命教育诗语》跋中，我误将吕老师的名字写成了李慧薇，在此纠正并向吕老师致歉。吕老师的台式"国语"燕语莺声，动听而难辨，我竟未听出吕、李之别。他仨比我年龄小很多，但在格律诗词及楹联方面皆是奇才，堪为吾师。"吾师道也，夫庸知其年之先后生于吾乎？"三位老师本来只教我格律诗词和楹联创作，但这次除对我创作的格律诗词联推敲斟酌之外，还对我以白话表达的诗语倾情倾力予以雅正，常常焚膏继晷，以至于衣带渐宽。

十五卷诗语插图数百幅。这些插图有的来自我求学和奉职的单位——信阳师范学院（学士）、河南大学（硕士、博士后及奉职）、北京交通大学（博士）、北京师范大学（博士及博士后研究）、华中师范大学（博士后及高访）、洛阳师范学院（河洛

学者特聘教授）；有的来自文朋诗侣旅友所赐摄影作品，其中，北京汉服公司“如梦霓裳”（创始人为我的词友月怀玉）和郑州“最美瑜伽庄园”（创始人为我的瑜伽师父韩雨欣）提供了很多精美的图片；还有一些图片是我家的积年照片。

更应感谢此刻阅读本书的您。我研究生命教育，深知对于一名学者而言，读者就是他的上帝，对读者我从心眼里尊崇和感恩。一桌饭菜好不好吃，美食家的评判固然也重要，但更重要的还是食客的意见。对于“上帝”怎可轻忽？生命诗语撰稿之时，指尖流水，文思泉涌，在思想的王国里淋漓醉墨、纵横恣肆；整理成书之际，却是战战兢兢地反复推敲，大改者九，小改者百，只恐谬种流传，贻笑大方。初始临窗整理诗卷之时，飞雪弥空、琼瑶满地，此日徘徊小径，竟已榴红照眼、枇杷果熟，时光匆匆，太匆匆！

书稿既成，振袂长啸。是时斋外有庭，庭中有竹，竹边石几一条，几上清酒一觥，竹香入酒，诗意氤氲。灵犀相通的朋友啊，不知您此刻身在何方？您若与我同代，请莅临寒斋把酒言欢，可好？您若千百年后才在故纸堆中偶遇此卷，则我已成古人。穿过岁月风烟，字里行间还觉心跳滚烫吗？石上酒杯仍留竹香如许吗？

2019 年 6 月 1 日

王定功“生命诗语”系列

生命教育诗语

◎ 有所思

◎ 白衣醉

◎ 马蹄错

生命教育丝语

◎ 聆听

◎ 对话

◎ 同行

生命教育思语

◎ 门卫三问宜深思

◎ 大象无形课堂里

◎ 书生报国一支笔

生命教育释语

◎ 山居

◎ 田园

◎ 江南

生命教育私语

◎ 吉光片羽圆旧梦

◎ 林间自是少人行

◎ 多少楼台烟雨中